"品读南京"丛书

丛书主编

曹路宝

南京历代经典散文

程章灿
成林 编著

南京出版传媒集团
南京出版社

图书在版编目（CIP）数据

南京历代经典散文 / 程章灿, 成林编著. — 南京：
南京出版社，2017.10
（品读南京）
ISBN 978-7-5533-1966-7

Ⅰ.①南… Ⅱ.①程… ②成… Ⅲ.①散文集—中国
Ⅳ.①I26

中国版本图书馆 CIP 数据核字（2017）第 244647 号

丛 书 名：品读南京
书　　名：南京历代经典散文
丛书主编：曹路宝
本书作者：程章灿　成　林
出版发行：南京出版传媒集团
　　　　　南 京 出 版 社
　　社址：南京市太平门街53号　　　邮编：210016
　　网址：http://www.njcbs.cn　　　电子信箱：njcbs1988@163.com
　　联系电话：025-83283893、83283864（营销）　025-83112257（编务）

出 版 人：朱同芳
出 品 人：卢海鸣
责任编辑：严行健
装帧设计：潘焰荣
责任印制：杨福彬

排　　版：南京新华丰制版有限公司
印　　刷：南京工大印务有限公司
开　　本：787毫米×1092毫米　1/16
印　　张：10.75
字　　数：178千
版　　次：2017年10月第1版
印　　次：2020年5月第2次印刷
书　　号：ISBN 978-7-5533-1966-7
定　　价：35.00元

南京出版社
图书专营店

编　委　会

目　录

前　言————————————————001

魏晋南北朝篇

陆　机　吴大帝诔————————————004

孔稚珪　北山移文————————————007

王　融　三月三日曲水诗序——————015

陆　倕　石阙铭————————————025

萧　统　殿　赋————————————037

庾　信　对烛赋————————————039

唐五代两宋篇

李　白　为宋中丞请都金陵表————042

徐　铉　摄山栖霞寺新路记——————050

王安石　真州长芦寺经藏记——————053

李　纲　车驾巡幸建康起居表————055

王　铚　徐十郎茶肆————————058

陆　游　入蜀记（选段）——————059

范成大　吴船录（选段）——————068

马光祖　《景定建康志》序————————071

元明清篇

胡炳文　游钟山记————————————076

宋　濂　阅江楼记————————————080

宗　臣　游燕子矶记———————————084

谭元春　三游乌龙潭记——————————088

张　岱　陶庵梦忆（三篇）————————090

余　怀　板桥杂记序———————————098

侯方域　李姬传—————————————101

王士祯　游瓦官寺记———————————105

袁　枚　随园记—————————————109

　　　　祭妹文—————————————112

管　同　登扫叶楼记———————————119

民国篇

张恨水　两都赋（四篇）————————122

朱自清　桨声灯影里的秦淮河———————128

俞平伯　桨声灯影里的秦淮河———————135

李金发　在玄武湖畔———————————141

倪贻德　秦淮暮雨————————————146

石评梅　金陵的古迹（四篇）——————156

叶灵凤　家乡食品————————————162

后　记—————————————————166

前　言

　　"江南佳丽地，金陵帝王州。"南京美丽多彩的山川自然、悠久丰厚的历史人文景观，吸引了一代又一代骚人墨客、学者文士。他们以自己优美的文笔、动听的歌喉，歌咏南京的山川风物和人情世态，留下了难以计数的诗文篇章。其中很多都是脍炙人口、传诵久远的名篇。

　　热爱南京的人们，就是这些名篇最热心的读者。为了满足这些读者的需要，市面上已经出现了许多种内容不尽相同、形式各有特点的南京诗选——严格说来，应该叫"题咏南京的诗选"。这些诗选或者只选古典诗词作品，或者只选现当代诗篇，或者兼及二者，其实都只是尝鼎一脔而已。在"题咏南京"的诗歌之外，以南京人文景观、自然风光为主题的历代散文作品其实也为数甚多，其中也有众多名篇佳什。可是令人遗憾的是，南京散文选——严格说来，就是以南京为主题的散文的选本——却比南京诗选要少得多。市面上所能见到的这类选本，多半只选现当代作家的散文，而把古代作家的各体散文名篇忽略不计。这样处置，对于呕心沥血的古代作家，对于不同凡响的南京古代文学史，尤其是散文史，显然都是不公平的。这一局面亟须改变。

　　编选《南京历代经典散文》，就是基于这样一种考虑。在此有必要对这个书名略作说明，"释名以章义"。书名中的"南京"，准确地说，不是文学的主体，不是指南京籍或长期流寓南京的作家。相反，这里的"南京"是文学的客体，是历代经典散文中的描写对象。换句话说，在中国古代文学史这一舞台上，有一场以散文为主角的演出，它的核心主题是南京。书名中的"历代"，从三国直到民国，时间跨度有 1700 年。分久必合，合久必分。这里既有分裂偏安的王朝，又有统一强盛的帝国；既有以文言文为主要文学语言形式的帝制中国时代，又有以白话文为主导的民国时代。总之，这是古今贯通，文白合编的。书名中的"经典散文"，着重这些篇章的文学品质。基本上，本书所选录的这些散文作品，都是值得讽诵的名篇，它们早已入选各种不同的文章选本，堪称经典。

散文是一个大的类别，在散文的羽翼之下，诸多文体形式既分门别类，又集合成群。本书所选录的篇章，就文体而言，以游记居多，但也有辞赋、传、铭、诔、表、移、序记等其他各种文体。有两点很显然，一点是这些文章的作者大都并非南京本籍的，而是客居南京甚至路过南京的，这并不妨碍他们写出关于南京的好文章。也许，在寓客或过客的眼中，南京这座城市的自然颜值和人文魅力，才能更新鲜完美地显露出来。另一点更加不言而喻，这就是文言文比起白话文要难懂一些，为了帮助读者理解文意，我们加了一些注释。像《三月三日曲水诗序》这样的典型的南朝骈文，喜欢用典，讲究辞藻，不详加注解，恐怕是不行的。至于白话文，则基本不为加注，只有极少数几处牵涉到南京历史人文的人名书名等，在文中有简注。

以散文描写南京，与以诗歌吟咏南京，形式不同自不待言，风格情调亦自有别。诗歌以抒情写志为主，间有景色描写；散文则以描写叙述居多，对山水南京、人文南京和历史南京有更具体翔实的记载，然亦时时杂以感慨咏叹，呈现出强烈的抒情色彩。所以，从这些散文中不仅能读到南京的历史沧桑与人事变迁，也能读到作者的才情俊美和辞章隽永。

本书选录历代经典散文，魏晋南北朝 6 篇，唐五代两宋 8 篇，元明清 13 篇，民国 13 篇，合计 40 篇。

魏晋南北朝篇

吴大帝诔

[晋] 陆 机

【题解】陆机（261~303 年），字士衡，吴郡吴县（今江苏苏州）人。出身东吴世族陆氏家族，与其弟陆云合称"二陆"。吴大帝，即孙权（182~252 年），字仲谋，吴郡富春（今浙江富阳）人。与父亲孙坚和兄长孙策一起，在东汉末年群雄割据中开创了江东基业，曾联合刘备，在赤壁之战中击败曹操，并随后创立东吴王朝。在位 24 年，谥号大皇帝，庙号太祖，葬于蒋陵（今南京东郊梅花山）。此篇诔文赞颂了孙权的功业，表达了对孙权的怀念。

我皇明明①，固天寔生②。体和二合③，以察三精④。濯晖育庆，怀祥载荣。率性而和，因心则灵。厥灵伊何⑤？克圣克仁⑥。茂对四象⑦，克配乾坤⑧。齐明日月，考祥鬼神⑨。

① 我皇：指孙权。

② 寔：实。

③ 体和二合：阴阳和合。二合指阴阳。

④ 三精：指日、月、星。

⑤ 厥灵：其灵。伊何：如何。

⑥ 克圣克仁：既圣又仁。《韩诗外传》卷一："上知天，能用其时；下知地，能用其财；中知人，能安乐之；是圣仁者也。"

⑦ 四象：指春夏秋冬四时。

⑧ 乾坤：天地。

⑨ 考祥鬼神：考察鬼神的各种征兆。

诞自幼冲①，睿哲宿照②。甄化无形，探景绝曜③。巍巍圣姿，文武既俊。有觉德徽④，兆民欣顺⑤。将熙景命⑥，经营九围⑦。登迹岱宗⑧，班瑞旧圻⑨。上玄匪惠⑩，早零圣晖⑪。

① 幼冲：年幼的时候。

② 睿哲：睿智贤哲。宿照：很早就显现出来。

③ 探景绝曜：探求光影于黑暗无光之处。

④ 有觉德徽：高尚的德行。语出《诗经·大雅·抑》："有觉德行，四国顺之。"

⑤ 兆民：亿万人民。

⑥ 熙：光明，兴盛。景命：天命。

⑦ 九围：九州。泛指天下。

⑧ 岱宗：泰山。

⑨ 班瑞：分瑞玉。这是天子接见诸侯之礼。旧圻：指中原。天子所居千里之地曰圻。

⑩ 上玄：上天。匪惠：不仁。

⑪ 零：陨落。圣晖：这是以太阳比喻孙权。

神庐既考①，史臣献贞②。龙辒启殡③，宵载紫庭④。辰旐飞藻⑤，凶旗举铭⑥。崇华熠烁⑦，翠盖繁缨⑧。千乘结驷⑨，万骑重营。箫鼓振响，和鸾流声⑩。动轸闉阖⑪，永背承明⑫。显步万官⑬，幽驱百灵。随化太素⑭，即宫杳冥⑮。亿兆同慕⑯，泣血如零。

① 神庐：坟墓。考：选定。

② 史臣：指掌管历法星日的太史。献贞：报告贞卜之结果。

③ 龙辒（chūn 春）：天子出殡的车。

④ 宵：夜。紫庭：宫廷。这里指祖庙。

⑤ 辰旐：画有日月星辰的旌旗。藻：藻饰。

⑥ 凶旗：葬礼时用的旗帜。铭：标志。

⑦ 崇华：充盛华美。熠烁：闪亮发光。

⑧ 翠盖：以翠鸟羽装饰的车盖。繁缨：马车上的缨饰。

⑨ 千乘：一千辆轩。驷：四匹马拉的车。

⑩ 和鸾：车上的铃。

⑪ 轸：车后的横木，代指车。阊阖：当是吴宫殿或宫门名。

⑫ 背：离开。承明：当是吴宫门名。

⑬ 显：指活在人世的时候。

⑭ 太素：太初，即宇宙初生之时的状态。

⑮ 即宫：入居。杳冥：幽渺深暗之地，指墓穴。

⑯ 亿兆：亿万人民。慕：思慕，怀念。

北山移文

[南朝齐] 孔稚珪

【题解】孔稚珪（447~501 年），字德璋，会稽山阴（今浙江山阴人），南齐高帝萧道成为刘宋骠骑参军时，用为记室参军，与江淹对掌文牒奏记。后仕南齐，官终太子詹事。博学，善骈文，多表奏。后人辑有《孔詹事集》。北山又名钟山，即今南京紫金山，因其位于南京城北而得名。六朝人常选择隐居于此地。移文是古代公文的一种，多用于谴责。本文假托钟山山灵之口，谴责假隐士周颙口是心非、言行不一，以隐居为终南捷径，一有机会，就迫不及待出山，奔走于世俗的名利之途。这篇移文采用南朝流行的骈赋文体，语言精巧，富有情采，善于铺叙，将周颙出山前后截然不同的两副嘴脸描写得惟妙惟肖，对钟山风物的刻画形容，也十分生动。孔稚珪本人也是亦仕亦隐，性喜诙谐，本文大概只是他一时兴到的游戏笔墨，意在打趣、开玩笑，但客观上具有针砭世俗权势欲与利禄心的积极意义。

钟山之英①，草堂之灵②，驰烟驿路③，勒移山庭④。

① 钟山：即北山，在今南京市东北。英：神灵。
② 草堂：草堂寺，周颙模仿四川堂寺在钟山所建，又名山茨。灵：神灵。
③ 驰烟驿路：像传递官府文书一般在山间烟雾中奔驰传布。驿：传递官府文件的车马或供传递者休息的设施。这里作动词用。一说此句应作"驰烟驿雾"。
④ 勒：刻在石上。移：移文。山庭：山前。

夫以耿介拔俗之标①，潇洒出尘之想②，度白雪以方洁③，干青云而直上④，吾方知之矣。若其亭亭物表⑤，皎皎霞外⑥，芥千金而不眄⑦，屣万乘其如脱⑧，闻凤吹于洛浦⑨，值薪歌于延濑⑩，固亦有焉。岂期终始参差⑪，苍黄翻覆⑫，泪翟子之悲⑬，恸朱公之哭⑭，乍回迹以心染⑮，或先贞而后黩^⑯，何其谬哉^⑰！呜呼，尚生不存^⑱，仲氏既往^⑲，山阿寂寥^⑳，千载谁赏！

①耿介：正直。拔俗：超越流俗。标：标格，风度。

②出尘：超出尘世。

③度：衡量。方：比。

④干：凌驾。

⑤亭亭：挺立的样子。物表：万物之上。表：表面，上面。

⑥皎皎：皎洁。霞外：犹天外。

⑦芥：小草。这里"芥千金"是把千金视若小草，即看不起金钱。眄（miǎn 免）：斜着眼看。

⑧屣（xǐ 喜）：草鞋。万乘：指天子，周代制度天子有兵车万辆。屣万乘其如脱：是说鄙弃天子的权势好像脱掉一双草鞋。

⑨凤吹：吹笙。传说周灵王太子晋喜欢吹笙，模拟凤鸣之声，游于伊洛之间。洛浦：洛水边。

⑩值：遇上。薪歌：采薪者之歌。传说古代隐士苏门先生在延濑碰到一个砍柴的，恬淡寡欲，无忧无虑，对苏门先生唱了两首歌后便走开了。延濑：长河之滨。濑：流在沙上的浅水。

⑪期：料想。终始参差：行为前后不一致。

⑫苍黄翻覆：变化无常。

⑬泪：落泪。翟子：墨翟，即墨子。曾经因为素丝可以染成黄色也可以染成黑色而伤心。泪翟子之悲：像墨翟那样为事物的变化无定而落泪。

⑭朱公：杨朱，即杨子，与墨子对立的哲学家，曾经在岔路口恸哭，因为它可以通向南方，也可以通往北方。恸朱公之哭：像杨朱那样为世界的翻覆无常而恸哭。

⑮乍：暂时。回迹：回避行踪，指隐居。心染：心被世俗污染。

⑯贞：坚贞，贞洁。黩：污浊。

⑰谬：荒谬、虚伪。

⑱尚生：尚子平，汉代隐士。

⑲ 仲氏：仲长统，东汉时人，狂放不羁，每逢州郡命召，都称病不就。

⑳ 山阿：山的曲处。这几句写山灵感叹没有知音。

世有周子①，隽俗之士②，既文既博③，亦玄亦史④。然而学遁东鲁⑤，习隐南郭⑥，窃吹草堂⑦，滥巾北岳⑧。诱我松桂，欺我云壑。虽假容于江皋⑨，乃缨情于好爵⑩。其始至也，将欲排巢父⑪，拉许由⑫，傲百氏⑬，蔑王侯⑭。风情张日⑮，霜气横秋⑯。或叹幽人长往⑰，或怨王孙不游⑱。谈空空于释部⑲，覈玄玄于道流⑳，务光何足比㉑，涓子不能俦㉒。及其鸣驺入谷㉓，鹤书赴陇㉔，形驰魄散，志变神动。尔乃眉轩席次㉕，袂耸筵上㉖，焚芰制而裂荷衣㉗，抗尘容而走俗状㉘。风云凄其带愤，石泉咽而下怆㉙，望林峦而有失㉚，顾草木而如丧㉛。

① 周子：周颙，字彦伦，与孔稚圭同时，曾隐居北山，后又应诏出仕，任海盐县令，期满入京，经过北山，孔稚圭就写了这篇移文，来戏谑性地谴责他。

② 隽俗：世俗中的英俊人物。

③ 文：有文采。博：知识丰富。

④ 亦玄亦史：既通《周易》、老、庄之学，又通史学。当时人称《周易》、老子、庄子为三玄。

⑤ 学遁东鲁：学习东鲁人颜阖隐遁不仕。颜阖是春秋时鲁国的隐士，鲁国在东方，故称东鲁。

⑥ 习隐南郭：学习南郭子綦之超然物外。《庄子·齐物论》："南郭子綦隐几而坐，仰天而嘘，荅焉似丧其耦。"

⑦ 窃吹：混在吹奏乐器的人当中。即滥竽充数的意思。

⑧ 滥巾：不得当地穿戴着隐者的头巾，即冒充隐士。北岳：北山，即钟山。

⑨ 假容：假装成隐士的样子。江皋：江边，泛指隐者所居之处。

⑩ 缨情于好爵：心事都萦绕在如何猎取高官厚禄上。缨：萦系。好爵：高官。

⑪ 排：排斥、排挤。巢父、许由，传说中上古时代的高士，以仕宦

名利为耻。

⑫ 拉：摧折。这两句是说超过巢父和许由。

⑬ 傲：傲视。百氏：诸子百家。

⑭ 蔑：蔑视。

⑮ 风情：风度性情。张：膨胀。

⑯ 霜气：寒气。横：充塞张目。这两句写假隐士自视甚高，态度傲慢。

⑰ 叹：赞叹。幽人：隐士。长往：长期隐居不返。

⑱ 王孙：贵族子弟。不游：不来山中隐居。

⑲ 空空：佛经义理。佛家认为万物皆空，这空是假名，假名也是空，故称"空空"。释部：佛典。

⑳ 覈（hé 和）：考核，商榷。玄玄：道家义理。《老子》："玄之又玄，众妙之门。"道流：即道家。据史传记载，周颙涉猎诸子百家，长于佛理，兼通《老子》《周易》。

㉑ 务光：夏时隐士，汤得天下，欲让给务光，务光潜水逃匿。

㉒ 涓子：即环渊，齐人，隐居宕山。侔：匹敌。

㉓ 鸣驺（zōu 邹）：前呼后拥的侍从。驺是驺从，古代达官贵人出门时的侍从。

㉔ 鹤书赴陇：皇帝征召的诏书送到山中。鹤书：一种书体，以形似鹤头而得名，古代诏书上常用这种字体，故用来代指诏书。

㉕ 尔乃：于是。轩：扬起。眉轩：眉飞色舞。席次：座上。

㉖ 竿：高举。筵上：筵席之中。

㉗ 芰（jì 技）制、荷衣：指隐士的服装。《离骚》中有"制芰荷以为衣兮，集芙蓉以为裳"之句。

㉘ 抗：扬。这里指显露出。尘容：尘俗的仪容。走：这里是表现出的意思。俗状：庸俗的神态。

㉙ 咽：哽咽、呜咽。下怆：流下悲怆的泪水。

㉚ 林峦：山林。

㉛ 顾：回看。如丧：惘然失落的样子。

至其钮金章①，绾墨绶②，跨属城之雄③，冠百里之首④。张英风于海甸⑤，驰妙誉于浙右⑥。道帙长殡⑦，法筵久埋⑧。敲扑喧嚣犯其虑⑨，牒诉倥偬装其怀⑩。琴歌既断⑪，酒赋无续⑫，常绸缪于结课⑬，每纷纶于折狱⑭，笼张赵于往图⑮，架卓鲁于前箓⑯，希踪三辅豪⑰，驰声九州牧⑱。

　　① 纽：系、挂。金章：铜印。

　　② 绾（wǎn 晚）：系。墨绶：黑色的绶带。汉代制度，县令佩墨绶系铜印。周颙出山后任海盐县令，故以金章墨绶指代其职位。

　　③ 跨：占据。属城之雄：一郡所属各县中最大的一县。

　　④ 冠：位居第一。百里：汉制一县之地约方百里，这里指代一个县。

　　⑤ 张：张扬，传播。英风：英明的声名。海甸：海滨地区，这里指海盐县。

　　⑥ 驰：散播。浙右：今浙江绍兴一带，是周颙的故乡。

　　⑦ 道帙（zhì 制）：道家典籍。帙的本义是书套。殡：埋葬。

　　⑧ 法筵：佛家讲经的席位。

　　⑨ 敲扑喧嚣：审讯拷打犯人时的喧哗声。犯：扰乱。虑：心思。

　　⑩ 牒：文书。诉：诉讼。倥偬（kǒng zǒng 孔总）：事多、繁忙。

　　⑪ 琴歌：汉董仲舒曾作《琴歌》。

　　⑫ 酒赋：汉邹阳曾作《酒赋》。这两句写既入官场，便无文思雅兴，隐居生活的那份闲情逸致也从此断送了。

　　⑬ 绸缪（chóu móu 稠谋）：纠缠、缠绕。结课：古代官员的考核、奖惩升降。

　　⑭ 纷纶：忙碌、忙乱。折狱：断案。

　　⑮ 笼：笼罩，超越。张、赵：张敞、赵广汉，两人都做过京兆尹，是西汉名臣。往图：过去的图籍。指旧史中有关张、赵政绩的记载。

　　⑯ 架：同"驾"，凌驾。卓、鲁：卓茂、鲁恭。东汉县令，是有名的循吏。前箓（lù 录）：以前的籍簿。

　　⑰ 希踪：希望追随前贤的踪迹。三辅：西汉都城长安分为三个行征区域，其主管为京兆、左冯翊、右扶风，统称三辅。三辅豪即三辅区域内有势力的人物。

⑱驰声：驰名。九州牧：指全国的地方官。九州在这里泛指全国。

使其高霞孤映①，明月独举，青松落阴②，白云谁侣？磵户摧绝无与归③，石径荒凉徒延伫④。至于还飙入幕⑤，写雾出楹⑥，蕙帐空兮夜鹤怨⑦，山人去兮晓猿惊⑧。昔闻投簪逸海岸⑨，今见解兰缚尘缨⑩。于是南岳献嘲⑪，北陇腾笑⑫，列壑争讥⑬，攒峰竦诮⑭。慨游子之我欺⑮，悲无人以赴吊⑯。

①高霞：高洁的云霞。

②落阴：落下阴影，形容寂寥。

③磵：通"涧"，夹在两山之间的流水。磵户：夹在两山之间，象门户一般，故称。摧绝：破坏。这里有荒废的意思。

④徒：徒然。延伫：长久地站立，等待隐士的归来。

⑤还飙（biāo 标）：旋风。入幕：吹入幕帐。

⑥写：通"泻"，吐。楹：柱子。

⑦蕙帐：缀有香草的帐子，这里指隐士的帐子。蕙：香草名。夜鹤（hù户）怨：夜里鹤啼，其声如怨。

⑧山人：隐士。晓猿惊：清晨猿鸣，似在惊讶。

⑨投簪：即抽去束发的簪子。不做官就可以不束发戴冠，投簪等于说辞官。逸海岸：汉代疏广官至太傅，不慕富贵，告老还归海滨故乡。

⑩解兰：解掉兰佩，指放弃隐居生活。缚尘缨：带上世俗的冠缨。指走上仕途。

⑪献嘲：等于说发出嘲讽。

⑫陇：指山丘。腾笑：高声嘲笑。

⑬列壑：众多的山沟。

⑭攒峰：密聚的群峰。竦（sǒng 耸）诮：耸动讥诮。

⑮慨：慨叹。游子：指周颙。我欺：欺骗了我。"我"是山神自指。

⑯吊：慰问。

故其林惭无尽，涧愧不歇，秋桂遣风①，春萝罢月②。骋西山之逸议③，驰东皋之素谒④。今又促装下邑⑤，浪栧上京⑥，虽情投于魏阙⑦，或假步于山扃⑧。岂可使芳杜厚颜⑨，薜荔蒙耻⑩，碧岭再辱⑪，丹崖重滓⑫，尘游躅于蕙路⑬，污渌池以洗耳⑭。宜扃岫幌⑮，掩云关，敛轻雾⑯，藏鸣湍⑰。截来辕于谷口⑱，杜妄辔于郊端⑲。于是丛条瞋胆⑳，叠颖怒魄㉑。或飞柯以折轮㉒，乍低枝而扫迹㉓。请回俗士驾㉔，为君谢逋客㉕。

① 遣：消除。秋桂遣风：这里指桂花没有香气。

② 萝：女萝。春萝罢月，指萝无月光。

③ 骋：迅速传播。西山：首阳山。周代伯夷、叔齐隐居之处。

④ 驰：散播。东皋：东边的山冈，这里泛指隐士的居处。素谒：不存在任何私心或政治企图的谒见。素：通"愫"，真诚。这里写真隐士的言行，以表达对假隐士的鄙视。

⑤ 促装：急忙整理行装。下邑：指周颙原来任职的海盐县。

⑥ 栧（yì义）：通"枻"，桨。浪栧：荡桨。

⑦ 魏阙：巍峨的宫阙，指朝廷。

⑧ 或：又。假步：借道。山扃（jiōng 炯平声）山门。

⑨ 芳杜：芳香的杜若（香草名）。

⑩ 薜荔（bì lì 辟历）：藤蔓植物名，又名木莲。

⑪ 辱：受侮辱。

⑫ 重滓（zǐ子）：再次被污染。

⑬ 尘：污染。游躅（zhú 烛）：隐士的游踪。

⑭ 渌（lù 录）池：清水池。洗耳：传说尧聘许由为九州长，许由觉得这侮辱了他，就到颍水边洗耳，巢父见了，连忙把牛牵开，生怕牛被许由洗耳的水污染了。这是说不能让周颙再到北山来，免得污染了北山的环境。

⑮ 扃：关上。岫（xiù 秀）：山洞。幌（huǎng 恍）：帷幔，窗帘。

⑯ 敛：收起。

⑰ 鸣湍：发出响声的急流。

⑱ 截：堵截。辕：车前驾牲口的直木，这里指车。

⑲ 杜：堵塞。妄辔：擅自闯上山来的车马。辔是驾驭牲口用的缰绳，这里指车马。郊端：山门外面。

⑳ 丛条：茂密的树枝。瞋（chēn 琛）胆：肝胆都被气坏了。

㉑ 叠：重重叠叠。颖：草穗。怒魂：魂魄都在发怒。

㉒ 或……乍：有的……，有的……。柯：树枝。折：阻挡。

㉓ 扫迹：扫除行车辙迹，使周颙车马不得进山。

㉔ 俗士：指周颙。驾：车驾。

㉕ 君：指北山山神。谢：谢绝。遁客：逃逸的隐士。

三月三日曲水诗序

[南朝齐] 王　融

【题解】王融（466~493年），字元长，琅琊临沂（今山东临沂）人。南朝齐著名的文学家。他出身于六朝一等士族琅琊王氏，自幼聪慧过人，文才出众，很受齐高帝萧赜和齐竟陵王萧子良的爱重，是南齐著名的"竟陵八友"之一。永明九年（491年）三月三日，上巳佳辰，齐武帝亲临芳林园，禊宴朝臣，王融受命作《三月三日曲水诗序》，文藻富丽，震动一时，连在场的北魏使者宋弁也赞叹不已："昔观相如《封禅》，以知汉武之德；今览王生诗序，用见齐主之盛。"此文是王融的散文名篇，也是南朝永明时代散文的代表作，堪称南齐时代的一篇大制作。文章词采富丽，用典讲究，"词涉比偶，而壮气不没"（张溥《汉魏六朝百三家集题辞·王宁朔集》）。

臣闻出豫为象①，钧天之乐张焉②；时乘既位③，御气之驾翔焉④。是以得一奉宸⑤，逍遥襄城之域⑥；体元则大⑦，怅望姑射之阿⑧。然宵旰寂寥⑨，其独适者已，至如夏后两龙⑩，载驱璇台之上⑪；穆满八骏⑫，如舞瑶水之阴⑬。亦有飨云，固不与万民共也。

① 豫：《周易》中的一个卦名。《周易·豫卦》："先王以作乐崇德。"
② 钧天之乐：天上的音乐。张：张设。
③ 时乘：语出《周易·乾卦》："时乘六龙，以御天也。"后来以"时乘"代指帝王。
④ 御气：即驭气、驭风。一般指神话中的驾龙飞行。
⑤ 得一：出自《老子》："王得一而天下正。"奉宸：奉献于上帝。
⑥ 襄城：传说中的地名。《庄子·徐无鬼》说，黄帝将见大隗，曾逍遥襄城之野。这里借以颂扬齐武帝。
⑦ 体：效法。元：天地万物之始，自然之道。
⑧ 姑射：姑射山，《庄子·逍遥游》中所说的神女居住的地方："藐

姑射之山，有神人居焉！肌肤若冰雪，绰约若处子。"

⑨ 窅（yǎo 咬）眇：深远迷茫。

⑩ 夏后：即夏朝的帝王，特指夏启。两龙：指夏启所乘的两匹马。

⑪ 载驱：驰驱。璇台：饰有美玉的台，古代帝王宴请诸侯的地方。

⑫ 穆满：即周穆王，名满。传说周穆王乘八骏，西行到昆仑山见王母。八骏即八匹骏马，其名为：骅骝、绿耳、赤骥、白仪、渠黄、逾轮、盗骊和山子。

⑬ 瑶水：瑶池，传说中西王母居住的地方。

我大齐之握机创历①，诞命建家，接礼贰宫②，考庸太室③，幽明献期④，雷风通缲，昭华之珍既徙⑤，延喜之玉攸归⑥。革宋受天，保生万国，度邑静鹿丘之叹⑦，迁鼎息大坰之惭⑧。绍清和于帝猷，联显懿于王表。骏发开其远祥，定尔固其洪业。皇帝体膺上圣，运钟下武⑨，冠五行之秀气，迈三代之英风⑩。昭章云汉，辉丽日月。牢笼天地，弹压山川。设神理以景俗，敷文化以柔远。泽普泛而无私⑪，法含宏而不杀。犹且具明废寝，昃晷忘餐⑫，念负重于春冰，怀御奔于秋驾⑬。可谓巍巍弗与，荡荡谁名。秉灵图而非泰⑭，涉孟门其何险⑮。储后睿哲在躬⑯，妙善居质，内积和顺，外发英华，斧藻至德⑰，琢磨令范，言炳丹青⑱，道润金璧⑲。出龙楼而问竖⑳，入虎闱而齿胄㉑。爱敬尽于一人，光耀究于四海。

① 握机：掌握政权。创历：指新朝创用新的年号。南齐高帝萧道成取刘宋而代之，即位后，改年号为建元。

② 贰宫：古代皇帝接见贤能人才的地方。

③ 考庸：考察任用（人才）。太室：太庙中的中室。

④ 幽明：指天地。

⑤ 昭华：美玉名。尧让位于舜之时，赠以昭华之玉。

⑥ 延喜：美玉名。相传夏禹治水，开龙门，导积石，得玄圭，上刻"延喜之玉"。古人认为是吉祥的征兆。

⑦ 鹿丘：殷商都城朝歌的鹿台和糟丘，商纣王淫乐的地方。周武王灭商后，来到鹿台和漕丘，曾经慨叹不已。

⑧ 大坰（jiōng 窘平声）：成汤即天子位后，迁九鼎至商邑大坰。

⑨ 钟：集聚。下武：下一代继承者。典出《诗经·大雅·下武》，此诗赞美周武王等继承先王文德。

⑩ 三代：夏、商、周三代。

⑪ 普泛：普遍。

⑫ 昃晷（zé guǐ 则轨）：午后太阳偏斜之时。

⑬ 念负重于春冰：忧念国事，如履薄冰。御奔：驾御奔跑的骏马。秋驾：天子的车驾。

⑭ 灵图：代指天子的权位。

⑮ 孟门：山名，在今河南省辉县西，山形险峻，是太行山脉的一个重要关隘。

⑯ 储后：即储君，这里指萧赜，也就是齐武帝。在躬：在身。

⑰ 斧藻：修饰。

⑱ 言炳丹青：言辞如丹青一般光辉灿烂，语出汉扬雄《法言·吾子》："或问圣人之言，炳若丹青。"

⑲ 金璧：黄金宝玉。

⑳ 龙楼：龙楼门，汉代太子居住之处。问竖：周文王为太子时，曾在寝门外询问太监。这是以周汉太子喻指南齐太子。

㉑ 虎闱：国子学的别称。齿胄：以年纪大小为序，不以太子的身份而自居上位。

　　若夫族茂麟趾①，宗固磐石，跨蹑昌姬②，韬轶炎汉③，元宰比肩于尚父④，中铉继踵乎周南⑤，分陕流勿翦之欢⑥，来仕允克施之誉⑦，莫不如珪如璋，令闻令望⑧，朱芾斯皇⑨，室家君王者也⑩。本枝之盛如此⑪，稽古之政如彼⑫。用能免群生于汤火，纳百姓于休和，草莱乐业⑬，守屏称事，引镜皆明目⑭，临池无洗耳⑮。沉冥之怨既缺⑯，蒚轴之疾已消⑰。兴廉举孝，岁时于外府；署行议年，日夕于中甸⑱。协律总章之司⑲，序伦正俗；崇文成均之职⑳，导德齐礼。挈壶宣夜㉑，辨气朔于灵台㉒；书笏珥彤㉓，纪言事于仙室㉔。褰帷断裳㉕，危冠空履之吏㉖；影摇武猛㉗，扛鼎揭旗之士。勤恤民隐㉘，纠逖王慝㉙，射集隼于高墉㉚，缴大风于长隧^㉛。不仁者远，惟道斯行，谗莠蔑闻^㉜，攘争掩息。稀鸣桴于砥路^㉝，鞠茂草于圆扉^㉞。耆年阙市井之游，稚齿丰车马之好。

① 麟趾：颂扬宗室子弟品德高尚，人丁兴旺。典出《诗经·周南·麟之趾》。

② 跨踕：跨越、超过。昌姬：昌盛的周朝，周王姓姬，故以姬代周。

③ 韬轶：韬略超过。炎汉：汉朝。汉朝自称以火德王，故称炎汉。

④ 元宰：丞相。尚父：姜太公，辅佐周武王灭纣，武王尊称他为尚父。

⑤ 中铉：铉本义为鼎之耳，后转喻三公，中铉引申为司徒。周南：喻周公。

⑥ 分陕流勿翦之欢：周代初年，周公和召公分陕而治，周公治陕以东，召公治陕以西。后来以分陕指出任地方官。召公有惠于民，人民感激欢悦，以致对召公露宿其下的甘棠树，都舍不得砍伐。《诗经·召南·甘棠》："蔽芾甘棠，勿翦勿伐，召伯所茇。蔽芾甘棠，勿翦勿败，召伯所憩。蔽芾甘棠，勿翦勿拜，召伯所说。"

⑦ 允：确实。克施：施惠于民。语出《尚书·君陈》："克施有政。"

⑧ 如珪如璋，令闻令望：像美玉一般，有着美好的品质和名声。语出《诗经·大雅·卷阿》。

⑨ 朱芾：贵族诸侯穿的红色服饰。

⑩ 室家君王：忠于君王，亲如一家。语出《诗经·小雅·斯干》。

⑪ 本枝：宗族子孙。

⑫ 稽古：考察古代帝王。

⑬ 草莱：山野樵夫，指最底层民众。

⑭ 引镜：照镜子。汉公孙述割据蜀地，任永自称双目失明，隐居不出仕。后汉光武帝刘秀诛灭公孙述，任永梳洗整衣，引镜自照说："时清则目明。"

⑮ 洗耳：洗耳孔。据皇甫谧《高士传》记载，尧欲让天下于许由，许由乃避居颍水之阳，箕山之下。尧又召许由为九州长，许由乃洗耳于颍水之滨，不愿自己的耳朵受世俗的污染。后以洗耳比喻不愿过问世事的高士。这句是说齐武帝即位后，时局清明，隐士出山，贤人出仕，野无遗才。

⑯ 沉冥：隐逸，指不求闻达的隐士。

⑰ 薖（kē科）轴：隐逸之士的病困。

⑱ 中甸：京都附近的地方。

⑲ 协律：古代有协律校尉、协律郎等官职，协律泛指掌管音乐的官署。总章：总章观，礼官名。序伦：使伦常有序。

⑳ 崇文：崇文观，三国魏明帝设置，专门招纳和安置文学人才。成均：古代的学校。

㉑ 挈壶：也称刻漏，古代计时工具，以壶滴水来计算时间。宣夜：夜间宣报时辰星象。

㉒ 灵台：观察天象的地方。

㉓ 书笏：写在笏板上。引申为史官记事。珥彤：执掌史笔。

㉔ 仙室：宫室名。

㉕ 褰帷：用手撩起帐子。东汉贾琮为冀州刺史，到州后，命御者褰去其帷，以了解民情。断裳：斩断衣裳。西汉朱博为琅琊太守，当地民俗衣长不合节度，下令断其衣裳，令去地三寸，以便于事。

㉖ 危冠：破帽子。空履：破鞋子。形容清廉而贫困的官吏。

㉗ 影摇：轻便敏捷。扛鼎揭旗：都是形容武猛。

㉘ 恤：体恤。民隐：民间疾苦。

㉙ 纠遬：治理，惩处。慝：邪恶。

㉚ 隼：鹯鸟，一种凶鸟，这里比喻恶人。高墉：高墙。

㉛ 缴：本是射鸟时系在箭上的生丝绳。这里是射的意思。长隧：深长的地下洞穴。传说尧时大风为害，尧命羿射大风于青丘之泽，为民除害。

㉜ 谗莠：谗言如同稗草一样。莠是稗草，对庄稼有害。

㉝ 枹：击鼓的槌，遇有盗贼时，鸣鼓示警。这句是说天下安定，没有盗贼的消息。

㉞ 鞠：生长。圆扉：监狱。这句是说没有作奸犯科的人，监狱里空无囚犯，以致荒草丛生。

宫邻昭泰①，荒憬清夷②，侮食来王③，左言入侍④，离身反踵之君⑤，髽首贯胸之长⑥，屈膝厥角⑦，请受缨縻⑧。文钺碧砮之琛⑨，奇干善芳之赋[10]，纨牛露犬之玩[11]，乘黄兹白之驷[12]，盈衍储邸[13]，充牣郊虞[14]。瓯牍相寻[15]，鞮译无旷[16]，一尉候于西东[17]，合车书于南北[18]。畅毂埋辚辚之辙[19]，绥旌卷悠悠之旆[20]。四方无拂[21]，五戎不距[22]。偃革辞轩[23]，销金罢刃[24]，天瑞降，地符升[25]，泽马来[26]，器车出[27]，紫脱华[28]，朱英秀[29]，佞枝植[30]，历草滋[31]，云润星晖，风扬月至。江海呈象，龟龙载文，方握河沉璧[32]，封山纪石[33]，迈三五而不追[34]，践八九之遥迹[35]。功既成矣，世既贞矣[36]，信可以优游暇豫，作乐崇德者钦！

① 宫邻：皇宫邻近。昭泰：清明平安。

② 荒憬：遥远的蛮夷。清夷：安定平静。

③ 侮食：古代东越部族名，此指远方的少数民族。

④ 左言：原指少数民族语言，因其与汉语相左，故称。扬雄《蜀王本纪》："蜀之先，名曰蚕丝、柏濩、鱼凫、开明，是时椎髻左言，不晓文字。"这里代指少数民族地区。

⑤ 离身：神话传说中的国名，其国人皆一目、一鼻孔、一臂、一腿脚，又称半体国。反踵：传说中的国名，其国人南行而足迹向北。

⑥ 鬃（zhuā 抓）首：古国名，即三苗国，其国人皆以麻絮束发。贯胸：神话传说中的国名，其国人前胸皆有穿孔达于后背。以上四句皆指各种遥远的蛮夷国族。

⑦ 厥角：叩头。

⑧ 缨縻：捆人的绳子，引申为约束、管理。

⑨ 文钺：刻有花纹的斧头。碧砮：用青绿色石作的箭镞。

⑩ 奇干：奇异的草木。善芳：传说中的一种珍奇鸟类。

⑪ 纨牛：小牛犊。露犬：传说中的一种野兽，能飞，食虎豹。

⑫ 乘黄、兹白：传说中的远方神兽，乘黄之状如狐，背上有角，乘之寿二千岁；兹白形如白马，锯牙，能食虎豹。

⑬ 盈衍：充满。

⑭ 充牣：充满。郊虞：四郊山泽。

⑮ 瓯（guǐ 鬼）：匣子。牍：木简，引申为文书。

⑯ 鞮译：负责少数民族语言的翻译。

⑰ 尉候：负责迎送接待宾客的官员。

⑱ 合：统一。车书：泛指国家的典章制度与文化政策。《礼记·中庸》："今天下车同轨，书同文。"

⑲ 畅毂：长车。语出《诗经·秦风·小戎》："文茵畅毂。"后代指战车。辚（lín 鳞）辚：车队驶过的声音。

⑳ 绥旌：古代战旗上的飘带。悠悠之斾（pèi 沛）：旗帜随风飘扬的样子，语出《诗经·小雅·车攻》："萧萧马鸣，悠悠斾旌。"

㉑ 无拂：没有祸乱。

㉒ 五戎：古代对我国西部各少数民族的通称。

㉓ 偃革：脱去盔甲。辞轩：离开战车。

㉔ 销金：销毁武器。罢刃：放刀。销金罢刃，意为不再打仗。

㉕ 地符：与上句的"天瑞"互文，指天地的祥瑞。

㉖ 泽马：古代传说中表示祥瑞的神马。

㉗ 器车：兆示祥瑞的车。

㉘ 紫脱：瑞草名。华：开花。

㉙ 朱英：又名朱草，亦是瑞草。秀：开花。古代谶纬书中说，太平盛世，远方神献其朱英、紫脱。

㉚ 佞枝：神话传说中的仙草，又名屈轶。据说，黄帝时，此草生于阶庭，有佞臣入朝，则能指出之，所以佞人不敢入朝。

㉛ 历草：神话传说中的仙草，又名历荚。此草夹阶而生，随月生死。每月朔日生一荚，至月半则生十五荚。至十六日后，日落一荚，月晦而尽。月小余一荚，可以作日历用。

㉜ 握河沉璧：帝王祭祀河神的仪式，祭祀时将珍宝玉璧投入河中，请求河神赐福。

㉝ 封山纪石：祭祀名山，立碑纪功。

㉞ 迈：超越。三五：指三皇五帝。

㉟ 八九：七十二，此指传说中的上古七十二帝。

㊱ 贞：正。语出《尚书·太甲》："一人元良，万邦以贞。"

于时青鸟司开①，条风发岁②，粤上斯已③，惟暮之春，同律克和④，树草自乐，禊饮之日在兹⑤，风舞之情咸荡。去肃表乎时训⑥，行庆动于天瞩。载怀平圃⑦，乃睠芳林⑧。芳林园者，福地奥区之辁，丹陵弱水之旧⑨，殷殷均乎姚泽⑩，膴膴尚于周原⑪。狭丰邑之未宏⑫，陋谯居之犹褊⑬，求中和而经处，揆景纬以裁基⑭。飞观神行，虚檐云构，离房乍设⑮，层楼间起，负朝阳而抗殿，跨灵沼而浮荣。镜文虹于绮疏⑯，浸兰泉于玉砌。幽幽丛薄，秩秩斯干⑰。曲拂邅迴，潺湲径复，新萍泛沚⑱，华桐发岫。杂夭采于柔荑⑲，乱嘤声于绵羽⑳。禁轩承幸㉑，清宫俟宴，缇帷宿置㉒，帝幕宵悬㉓。既而灭宿澄霞，登光辨色㉔，戒道执殳㉕，展軨效驾㉖，徐銮警节㉗，明钟畅音，七萃连镳㉘，九斿齐轨㉙。建旗拂霓㉚，扬葭振木，鱼甲烟聚㉛，贝胄星罗㉜，重英曲瑶之饰㉝，绝景追风之骑㉞，昭灼甄部㉟，驵骏函列㊱，虎视龙超，雷骇电逝。轰轰隐隐，纷纷轸轸，羌难得而称计！

① 青鸟：春鸟。司开：主管万物生长。

② 条风：春风。发岁：一年开始。

③ 粤上斯巳：时逢上巳。

④ 律：六律。克和：和谐。

⑤ 禊饮：古代民俗，三月上巳日于水边洗濯，宴集饮酒，祓除不祥，称为禊饮。

⑥ 平圃：山名，据《山海经·西山经》载，此山为神仙居住之所。

⑦ 去肃：去除秋冬的肃杀。

⑧ 芳林园：原为青溪宫，南齐武帝萧赜建宅于此，改名芳林苑。

⑨ 丹陵：地名，传说中尧的出生地。若水，传说中颛顼帝的出生地。

⑩ 殷殷：茂盛的样子。姚泽：即姚墟与雷泽，姚墟相传是舜的出生地。

⑪ 膴膴（wǔ 五）：肥美的样子。周原：周朝的原野，在岐山之南，是周文王出生地。

⑫ 丰邑：汉高祖刘邦的出生地。

⑬ 谯居：魏太祖曹操的出生地。以上丹陵、若水、姚泽、周原、丰邑、谯居，都不在江南，只是以前代帝王出生之地比美齐武帝旧宅。

⑭ 揆：测量。景纬：太阳和星辰。

⑮ 离房：侧室，偏房。

⑯ 文虹：（窗格上）装饰的虹蜺形花纹。绮疏：装饰花纹的窗户。

⑰ 秩秩斯干：大意为流水潺潺，语出《诗经·小雅·斯干》。

⑱ 新萍：新生的浮萍。沚：小沙洲。

⑲ 天采：桃花。柔荑：初生的树叶。

⑳ 嘤声：鸟鸣之声。绵羽：黄鸟。

㉑ 禁轩：皇帝专用的马车。

㉒ 缇帷：皇帝所用的帷帐。宿置：与下句"宵悬"一样皆指提前布置好。

㉓ 帟（yì意）幕：皇帝寝宫所用的帷帐。

㉔ 登光：日光初上。

㉕ 戒道：古代皇帝出行时道路警戒，清除行人。执殳：指侍卫手执兵器警戒。

㉖ 展軨（líng 玲）：察看车辆，表示对乘坐者的礼敬。效驾：试车，试驾。

㉗ 徐銮：车驾缓缓驶行。古代帝王车驾上有銮铃，銮亦可作为帝王车驾的代称。

㉘ 七萃：天子的禁卫军，皆是勇壮之士。

㉙ 九斿（yóu 尤）：指皇帝乘坐的车驾。

㉚ 拂霓：旗帜高高飘扬，几乎拂到天上的虹霓。

㉛ 鱼甲：用鲨鱼皮制成的铠甲衣，坚韧无比。烟聚：与下句"星罗"一样，都是形容其多，等于说星罗棋布。

㉜ 贝胄：一种镶嵌着珍珠的盔甲。

㉝ 重英：矛杆上用作装饰的花纹，代指矛或兵器。曲瑵（zhǎo 爪）：篷车顶部的玉饰，代指车乘。

㉞ 绝景、追风：都是古代骏马名。"景"，同"影"。

㉟ 昭灼：光明。甄部：列成长阵。

㊱ 骃骏：古代骏马名。函列：排列。

尔乃回舆驻罕①，岳镇渊渟②，晬容有穆③，宾仪式序，授几肆筵，因流波而成次；蕙肴芳醴，任激水而推移。葆倚陈阶④，金鲍在席⑤，戚奏翘舞，籥动邠诗⑥。召鸣鸟于弇州⑦，追伶伦于嶰谷⑧。发参差于王子⑨，传妙靡于帝江⑩。正歌有阕，羽觞无筭⑪，上陈景福之赐，下献南山之寿。

信凯燕之在藻⑫，知和乐于食苹⑬。桑榆之阴不居⑭，草露之滋方渥⑮。有诏曰：今日嘉会，咸可赋诗。凡四十有五人，其辞云尔。

① 驻罕：天子出行车驾暂驻。

② 岳镇渊渟：如山岳屹立，如渊水平静。形容军队稳定，不可动摇。

③ 晬（suì 岁）容：面容丰润。

④ 葆俏（yì 意）：手执翠色羽毛、随着音乐列队起舞。

⑤ 金匏：泛指乐器，钟铃属金类，笙竽属匏类。

⑥ 籥（yuè 月）：古代一种吹奏乐器。邠诗：即豳诗。《周礼·春官·籥章》："掌土鼓豳籥。"

⑦ 鸣鸟：传说中有四只翅膀的神鸟，《山海经》载："弇州之山，五采之鸟名鸣鸟，其声皆有曲度。"

⑧ 伶伦：传说中黄帝的乐官，于昆仑山之阴的嶰谷，将竹子断为两节，创造了最早的乐器。

⑨ 王子：即王子乔，传说中的神仙。据《列仙传》载，王子乔亦称太子晋，后被道人浮丘公接上嵩高山修炼成仙。

⑩ 帝江：传说中的神仙，据《山海经·西山经》载，帝江"其状如黄囊，赤如丹火，六足四翼，浑敦无面目，是识歌舞"。

⑪ 无筭：无数。

⑫ 在藻：（鱼）在水草中，比喻君臣如鱼得水，欢乐无间。

⑬ 食苹：代指在宴会宾客时奏的乐歌。语出《诗经·小雅·鹿鸣》："呦呦鹿鸣，食野之苹。我有嘉宾，鼓瑟吹笙。"

⑭ 桑榆：日暮之时太阳光照在桑树和榆树的树梢，代指日暮。

⑮ 渥：丰厚。

石阙铭

［南朝梁］陆　倕

【题解】陆倕（470~526 年），字佐公，吴郡吴县（今江苏苏州）人。
他出身南朝江南世族陆氏，是南朝梁代著名文学家，官至中书侍郎，守
太常卿。当时人称许他"实文章之冠冕，述作之楷模"（梁简文帝萧纲《与
湘东王书》）。他也深受梁武帝爱重。《文选》中选有他的《石阙铭》和《新
刻漏铭》，就是他奉梁武帝之命而写的，这是梁代初年两篇大制作，也
是南京文学史上重要的篇章。梁武帝天监七年（508 年），在建康宫城南
门建成的两座石阙，分别名为神龙阙和仁虎阙，这是首都建康的重要建
筑，也是南朝政权政治正统的象征。《石阙铭》描述兴复石阙的文化意义，
歌颂梁武帝制礼作乐的历史贡献，文字骈整华丽，四言铭文尤其琅琅上口，
堪称一篇优美的四言诗。

昔在舜格文祖①，禹至神宗②，周变商俗，汤黜夏政③，虽革命殊乎
因袭④，揖让异于干戈⑤，而晷纬冥合⑥，天人启慙⑦，克明峻德，大庇
生民⑧，其揆一也⑨。

①文祖：有文德之祖，此指尧的祖庙。此句写尧让位于舜。
②神宗：神灵之宗庙。此指舜的祖庙。此句写舜让位于禹。
③黜（chù 触）：罢免，革除。
④殊：不同。因袭：沿用前代制度。
⑤揖让：宾主相见之礼，此指让位于贤。干戈：指征战杀伐。此处"革
命""干戈"指商代夏和周代商采取武力革命形式，"因袭"、"揖让"，指
尧舜禹的禅让。
⑥晷（guǐ 鬼）：日影。纬：星名。指行星。晷纬，指日月星辰所显
的瑞应。冥合：暗合。
⑦慙（jì 计）：教导。
⑧庇：庇护。

⑨揆（kuí 奎）：道理、准则。

在齐之季，昏虐君临^①，威侮五行^②，怠弃三正^③，刑酷然炭，暴踰膏柱^④，民怨神怒，众叛亲离，踖地无归^⑤，瞻乌靡托^⑥，于是我皇帝拯之^⑦。乃操斗极^⑧，把钩陈^⑨，翼百神^⑩，褆万福^⑪，龙飞黑水^⑫，虎步西河^⑬。雷动风驱，天行地止。命旅致屯云之应^⑭，登坛有降火之祥^⑮，龟筮协从^⑯，人祇响附^⑰。穿胸露顶之豪^⑱，箕坐椎髻之长^⑲，莫不援旗请奋，执锐争先^⑳。夏首凭固^㉑，庸岷负阻^㉒。协彼离心^㉓，抗兹同德^㉔。帝赫斯怒^㉕，秣马训兵^㉖，严鼓未通^㉗，凶渠泥首^㉘。弘舸连轴^㉙，巨舰接舻^㉚。铁马千群，朱旗万里，折简而禽庐九^㉛，传檄以下湘罗^㉜。兵不血刃，士无遗镞^㉝，而樊邓威怀^㉞，巴黔底定^㉟。

① 昏虐：昏庸暴虐。此指被萧衍所杀的南齐东昏侯萧宝卷。

② 威侮：侵犯。五行：金、木、水、火、土。此指五行之德，谓古代帝王先后相承的规律。

③ 怠弃：怠慢废弃。三正：指天、地、人之正道。一说"三正"指夏正、商正、周正，亦即夏、商、周三朝的历法，但"威侮五行，怠弃三正"语出《尚书·甘誓》，当时"三正"应该没有此义。

④ 逾：超越。膏柱：与上句"然炭"指商纣王所用酷刑，即炮烙之刑。李善注引《六韬》："纣患刑轻，乃更为铜柱，以膏涂之，加于然（同"燃"）炭之上，使有罪者缘焉，滑堕火中，纣与妲己笑以为乐。"

⑤ 踖（jí 极）地：小步行走，形容恐惧谨慎。

⑥ 瞻乌：乌鸦无处栖止。语出《诗经·小雅·正月》："瞻乌爰止，于谁之屋？"比喻人民无所依归。

⑦ 皇帝：指梁武帝。拯：拯救，救助。

⑧ 斗极：指北斗星与北极星。古人依靠斗极来辨别方向，故用斗极来比喻指引方向的人。

⑨ 钩陈：星名，在紫微垣内，离北极星最近。古代天文学以钩陈作为兵卫之象，此指梁武帝掌握兵权。

⑩ 翼百神：严肃恭敬地对待各种神灵。

⑪ 祗（zhī 支）：幸福，平安。

⑫ 龙飞：比喻皇帝兴起。黑水：与下句"西河"一样，皆代指雍州，因为《尚书·禹贡》中说："黑水、西河惟雍州。"

⑬ 虎步：形容帝王的步伐仪表威武雄壮。永元二年十一月，雍州刺史萧衍拥戴南齐南康王萧宝融，起兵东下。

⑭ 命旅：誓众。屯云：像黑云一样集合。传说汉高祖刘邦斩白蛇起义，天上有黑云屯聚，是天象瑞应。

⑮ 登坛：祭天。降火：天降神火。传说周武王伐殷，渡河之时，天降神火，化而为乌。

⑯ 龟筮（shì 示）：龟卜筮占，预测吉凶。

⑰ 人祇（qí 齐）：人神。古代称地神为"祇"，这里泛指神灵。响附：响应附和。

⑱ 穿胸露顶：指遥远边疆不知礼法的蛮夷部落。豪：蛮夷部落酋长。

⑲ 箕坐椎髻：箕坐是伸足据膝而坐，其状如箕；椎髻是发髻一撮，其状如椎。这是古南越民族的习俗。代指蛮夷部族。

⑳ 锐：锐利的兵器。

㉑ 夏首：地名。在今湖北沙市东南。此指楚地。

㉒ 庸岷：庸，古国名；岷，山名。此指蜀地。负阻：负隅顽抗。

㉓ 离心：指东昏侯一方上下离心离德。

㉔ 同德：指萧衍一方同心同德。

㉕ 帝赫斯怒：梁武帝勃然大怒。此语出自《诗经·大雅·皇矣》："王赫斯怒，爰整其旅。"

㉖ 秣马：喂马。训兵：教训士兵。这句是说做好了打仗的准备。

㉗ 严鼓：急促的鼓声。

㉘ 凶渠：凶暴敌人的首领。泥（nì 逆）首：以污泥涂首，表示服罪，自愿投降。

㉙ 弘舸：大船。连轴：战船首尾相连。轴，当作"舳"，船尾。

㉚ 巨槛：巨舰，大船。接舻：船只首尾相连。

㉛ 折简：折半之简，裁纸写信，表示轻易、随便。简指古代竹简，后代亦指书简。禽：通"擒"，捕获。庐九：指庐州（在今安徽省合肥市）

和九江（在今江西省九江市）。

㉜ 传檄：发布檄文。檄文是古代用于声讨和征伐的文书。湘罗：湘水和罗水。湘水发源于广西兴安县阳海山，罗水发源于广东罗黄山。

㉝ 无遗镞（zú 族）：不放箭。

㉞ 樊邓：两个郡名，其位置都在今湖北襄阳北，地势险要。

㉟ 巴黔：两个郡名。巴郡在今重庆市一带；黔郡在今贵州省。底定：平定。

于是流汤之党①，握炭之徒②，守似藩篱，战同枯朽③。革车近次④，师营商牧⑤，华夷士女，冠盖相望⑥，扶老携幼，一旦云集⑦，壶浆塞野⑧，箪食盈涂⑨，似夏民之附成汤⑩，殷士之窥周武⑪。安老怀少⑫，伐罪吊民⑬，农不迁业，市无易贾⑭。八方入计⑮，四隩奉图⑯，羽檄交驰⑰，军书狎至⑱。一日二日，非止万机，而尊严之度，不詟于师旅⑲；渊默之容⑳，无改于行阵。计如投水，思若转规㉑，策定帷幄㉒，谋成几案。曾未浃辰㉓，独夫授首㉔，乃焚其绮席㉕，弃彼宝衣，归璇台之珠㉖，反诸侯之玉㉗，指麾而四海隆平㉘，下车而天下大定。拯兹涂炭㉙，救此横流㉚，功均天地，明并日月。

① 流汤：以滚开之水残害人民。

② 握炭：手握炭火来害人。流汤之党、握炭之徒，都是喻指南齐东昏侯的党羽。

③ 战同枯朽：战斗就像摧枯位朽一样。

④ 革车：战车。次：临时驻扎。

⑤ 商牧：商朝之郊的牧野。周武王伐纣，曾在牧野誓师。这里喻指南齐京都之郊。

⑥ 冠盖：乘车戴冠的人，代指士族。

⑦ 一旦：形容很短的时间内。云集：比喻许多人聚集而来。

⑧ 壶浆：酒浆，因其盛于壶中，故称壶浆。即酒水。

⑨ 箪食：装在竹器中的食品。壶浆箪食，形容百姓对梁武帝的欢迎。涂：同“途”，道路。

⑩ 夏民：夏朝民众。附：归附。成汤：商代开国之君。夏桀无道，伐之，民众归附，遂有天下，国号为商。

⑪ 殷士：殷朝士民。窥：察看。周武：即周武王，名姬发，周文王之子。商纣无道，周武王起兵讨伐，灭殷商，建立周朝。

⑫ 安老：使老人得到安乐。

⑬ 伐罪：讨伐罪人。吊民：慰问劳苦百姓。

⑭ 易贾：商人放弃经营。

⑮ 入计：上计，将终地方贡赋账簿上交梁武帝。计，计簿，账簿。

⑯ 四隩（ào 奥）：四方。图：舆图，地图。

⑰ 羽檄：紧急的军书。

⑱ 狎至：轮番而至。狎：更替，轮番。以上两句出自《汉书·息夫躬传》："军书交驰而辐凑，羽檄重迹而狎至。"此句与上句互文见义。

⑲ 不愆（qiān 千）：不失。

⑳ 渊默：沉稳镇静。

㉑ 转规：与上句"投水"一起，比喻计谋层出不穷，无所阻滞。

㉒ 帷幄：军阵用的帐幕，用于指挥与谋划。

㉓ 浃（jiā 夹）辰：十二日。

㉔ 独夫：残暴无道、众叛亲离的统治者，指齐东昏侯。授首：引颈受斩。

㉕ 绮（qǐ 起）席：有花纹图案的丝织席子，传说纣时妇人所用。

㉖ 璇（xuán 旋）台：纣王收藏珠玉的地方。

㉗ 反：归还。

㉘ 指麾（huī 挥）：指挥。四海：天下。

㉙ 涂炭：泥水炭火，比喻深重的苦难。

㉚ 横流：天下大乱。

于是仰协三灵①，俯从亿兆②，受昭华之玉③，纳龙叙之图④。类帝禋宗⑤，光有神器⑥，升中以祀群望⑦，摄袂而朝诸夏⑧，布教都畿⑨，班政方外⑩。谋协上策⑪，刑从中典⑫。南服缓耳⑬，西羁反舌⑭。剑骑穹庐之国⑮，同川共穴之人⑯，莫不屈膝交臂⑰，厥角稽颡⑱，凿空万里⑲，攘地千都⑳，幕南罢郡㉑，河西无警㉒。

① 协：协合。三灵：指天、地、人之神。

② 亿兆：亿万人民。

③ 昭华之玉：相传上古帝尧禅位于舜时所赠之宝。

④ 龙叙之图：相传帝尧游河渚，神龙依次献出图谶。这是帝尧接受天命的符瑞。此句与上句同指梁武帝代齐即皇位，是接受了天命。

⑤ 类帝：祭祀天帝。禋（yīn 因）宗：祭祀祖宗。

⑥ 神器：天子的礼器。

⑦ 升中：登上中岳。群望：天子所祭祀的山川星辰。

⑧ 摄袂：整理衣袖。诸夏：中国。

⑨ 都畿：靠近首都的地方。

⑩ 班政：实施政令。方外：方域之外。指少数民族。

⑪ 谋：治国的策略。协：符合。

⑫ 中典：常行的法律。《周礼·秋官·大司寇》："一曰刑新国，用轻典；二曰刑平国，用中典；三曰刑乱国，用重典。"

⑬ 服：征服。缓耳：地名，即儋耳，在海南儋县西。此指古代边远地区。

⑭ 羁：笼络。反舌：指古代边远国名。古人认夷狄语言，与中原相反，因谓反舌。

⑮ 剑骑穹庐：指古代北方背剑骑马、住在毡帐之中的游牧民族部落。

⑯ 同川共穴：同川而浴，同穴而居，指古代南方边远地区的少数民族。《汉书·贾捐之传》："骆越之人，父子同川而浴，相习以鼻饮。"

⑰ 屈膝：双膝下跪。交臂：叉手，拱手。这两个动作都表示恭敬臣服。

⑱ 厥角：叩头。稽颡（sǎng 嗓）：即以额触地，古代一种叩拜礼。这两个动作也是表示恭敬臣服。

⑲ 凿空：开通道路。汉代张骞通西域，被称为"凿空"。

⑳ 壤地：开拓土地。千都：千城。此句与"凿通万里"句互文见义。

㉑ 幕南：即"漠南"。据《汉书·匈奴传》，卫青霍去病击败匈奴，"是后匈奴远遁，而幕南无王庭。"罢鄣：拆除边境上的要塞。

㉒ 河西：河西走廊，中国通往西域的通道，位于兰州黄河以西。无警：没有紧急情况或消息。

于是治定功成，迩安远肃，忘兹鹿骇①，息此狼顾②，乃正六乐③，治五礼④，改章程，创法律，置博士之职⑤，而著录之生若云⑥；开集雅之馆⑦，而款关之学如市⑧。兴建庠序⑨，启设郊丘⑩，一介之才必记，无文之典咸秩⑪。

① 鹿骇：鹿性善惊，比喻惶惧惊恐的样子。
② 狼顾：狼性多疑，行多反顾，比喻惊惧不安的样子。
③ 六乐：指六种古乐名，即云门、大成、大韶、大夏、大护、大武。
④ 五礼：指吉礼、凶礼、军礼、宾礼、嘉礼。
⑤ 博士：古代官学之一。
⑥ 著录之生：指登记入学的生员。
⑦ 集雅：集指文集，雅指《诗经》中的《大雅》《小雅》，代指经典。集雅之馆，指传授经典文学之所。
⑧ 款关：叩门请教。款关之学，指叩门请教之士。
⑨ 庠序：古代学校名。殷称庠，周称序。
⑩ 启：开。郊丘：南郊圆丘，祭天的圆形高台。
⑪ 无文：礼经中没有文字记载的典礼。咸秩：皆依次祭祀。

于是天下学士，靡然向风①，人识廉隅②，家知礼让。教臻侍子③，化洽期门④，区宇乂安⑤，方面静息⑥，役休务简⑦，岁阜民和⑧。历代规谟⑨，前王典故，莫不芟夷翦截⑩，允执厥中⑪。以为象阙之制⑫，其来已远，《春秋》设旧章之教⑬，《经礼》垂布宪之文⑭。戴《记》显游观之言⑮，《周史》书树阙之梦⑯。北荒明月⑰，西极流精⑱，海岳黄金⑲，河庭紫贝⑳。苍龙玄武之制㉑，铜爵铁凤之工㉒。或以听穷省冤㉓，或以布化悬法。或以表正王居㉔，或以光崇帝里㉕。晋氏浸弱㉖，宋历威夷㉗，礼经旧典，寂寥无记㉘。鸿规盛烈㉙，湮没罕称。乃假天阙于牛头㉚，托远图于博望㉛，有欺耳目，无补宪章。乃命审曲之官㉜，选明中之士㉝，陈圭置臬㉞，瞻星揆地㉟，兴复表门㊱，草创华阙。

① 靡然：顺风而倒的样子。

②廉隅：品行方正不苟。

③臻：达到。侍子：诸侯或属国遣其子入朝作为人质，名义上是陪侍皇帝身边，故称侍子。

④洽：滋润。期门：汉代皇帝的侍从官属。据《汉书·东方朔传》，汉武帝曾"与侍中、常侍、武骑及待诏陇西北地良家子能骑射者期诸殿门，故有期门之号。"

⑤乂（yì乂）安：社会秩序安定。

⑥方面：四方。

⑦役：劳役。务：劳务。

⑧岁阜：五谷丰收。

⑨规谟：法规，制度。

⑩芟（shān山）夷：删除。剪截：剪裁。

⑪允执厥中：不偏不倚，符合中正之道。允：实。厥：其。

⑫象阙：宫廷外的阙门，为宣布法令之处。

⑬《春秋》：儒家经典，相传为孔子据鲁史修订而成。此指《春秋左氏传》（《左传》）。设：发布。旧章：旧日的典章制度。据《左传》，有一次宫里发生火灾，鲁大夫季桓子下令，将象阙所发布的法令收藏好，并且说："旧章不可忘也。"

⑭《经礼》：即《周礼》。垂：传播，宣扬。布宪：颁布法令。按照《周礼》的说法，周代每年以正月吉日，悬挂法令于象阙，使万民周知。

⑮戴《记》：指《礼记》。《礼记》是戴圣所传，故称戴《记》。戴圣，字次君，汉宣帝时为博士，曾删定《礼记》四十九篇。显：宣扬。游观：游于阙门之上。据《礼记》载，孔子曾与参预蜡祭的助祭者一起，在祭事完毕后，出游阙门之上，看到鲁阙所悬旧章，不禁感叹鲁礼之不完备。

⑯周史：指《周书》。据《周书》记载，周武王为太子时，其母太姒梦见其种树于象阙之间。

⑰北荒：传说中北方荒远之地。明月：宝珠名。《神异经》记载，"西北荒中有二金阙，高百丈。金阙银盘圆五十丈。二阙相去百丈。上有月明珠，径三丈，光照千里。"

⑱西极：传说中西方极远之地。流精：西极阙门名。据《十洲记》记载，

"昆仑山有三角，其角一正东有墉城，有流精之阙，西王母所治也。"

⑲ 海岳：传说中的东海神山。黄金：指黄金阙。传说东海之中有三座神山，有黄金白银建成的宫阙。

⑳ 河庭紫贝：传说河伯所居住的河中宫殿，有紫贝建造的宫阙。

㉑ 苍龙玄武：苍龙阙、玄武阙。汉代未央宫东有苍龙阙，北有玄武阙。

㉒ 铜爵：汉代首都长安双圆阙上雕塑之物，即铜雀。古歌《铜雀词》："长安城西双圆阙，上有一双铜爵宿。一鸣五谷生，再鸣五谷熟。"铁凤：长安圆阙上，雕有铁凤凰，令张两翼，举头敷尾。

㉓ 听穷：倾听穷苦者之诉求。省冤：省察冤屈者的投诉。

㉔ 王居：帝王居住之处。指宫廷。

㉕ 光崇：光耀崇尚。帝里：首都。

㉖ 浸弱：逐渐衰弱。

㉗ 宋代：此指南朝刘宋。威夷：衰弱。

㉘ 寂寥：这里指无人理会。

㉙ 鸿规：宏大的规章制度。盛烈：盛大的功业。

㉚ 假：假借。天阙：牛首山又名天阙山，因其两座山峰相对，形如阙门，天然而成，故名。牛首山在今南京市南郊江宁区内。东晋南迁，定都南京，国力不足，无力建造阙门。有一天，丞相王导陪皇帝出都城南门宣阳门，南望牛首山两峰，说："这就是天然的阙门，何必劳民伤财，再去建造一座人工石阙呢？"遂以牛首山为天阙。

㉛ 托：托名，假托。远图：长远的谋略。博望：博望山，在今安徽当涂县西南，又名天门山，其地有东、西梁山隔江对望，形如阙门。故南朝宋孝武帝下诏，即以此二山为都门双阙，其实也是因为刘宋国力不足，才未实行象阙之制，只好假托博望山为双阙，以寄托远大的谋略。

㉜ 审曲：审察地形曲直及其阴阳向背之势。

㉝ 明中：通晓天文星象历法。

㉞ 圭：古时测日影之器。臬（niè 聂）：古时测定水平之器。

㉟ 揆：测量。

㊱ 兴复：恢复。表门：作为皇都标志的阙门。

于是岁次天纪^①，月旅太簇^②，皇帝御天下之七载也^③，构兹盛则^④，兴此崇丽^⑤，方且趋以表敬^⑥，观而知法^⑦，物睹双碣之容^⑧，人识百重之典^⑨，作范垂训，赫矣壮乎！爰命下臣，式铭盘石^⑩。其辞曰：

①岁：星名，即木星。古代以木星运行周期纪年，故称木星为岁星。次：临时驻在。岁星运行到天纪，称"岁次天纪"。天纪即星纪，是古代天文学所分的十二位次之一，十二位次与十二支相配，星纪在十二支中属丑。岁次天纪等于说时当丑年。

②旅：行，居。太簇：古代十二乐律之一，十二律与十二月相匹配，太簇为正月。

③皇帝：指梁武帝萧衍。七年：指梁武帝天监七年（508 年）。

④盛则：盛大的礼制。

⑤崇丽：崇高壮丽。据《梁书·武帝纪》载，天监七年春正月壬戌，作神龙、仁虎阙于端门、大司马门外。

⑥表敬：表达恭敬。

⑦知法：理解法令。

⑧物：人们。双碣：指神龙阙与仁虎阙。

⑨百重：百代。典：典则，礼法。

⑩式：句首语气词，无实义。铭：铭刻。盘石：巨石。

惟帝建国，正位辨方^①。周营洛涘^②，汉启岐梁^③。
居因业盛^④，文以化光^⑤。爰有象阙，是惟旧章。

①正位：端正位置。

②洛涘（sì 伺）：洛水岸边。指周成王时周公在洛阳营建成周之事。

③汉：这里指汉高祖。岐梁：二山名，皆在今陕西省境。

④居：皇居，帝都。业：功业。

⑤文：礼乐制度。化：教化。

青盖南洎^①，黄旗东指^②。悬法无闻^③，藏书弗纪^④。

大人造物⑤，龙德休否⑥。建此百常⑦，兴兹双起⑧。

① 青盖：青色车盖。南洎（jì计）：南来。
② 黄旗：天子的旗帜。此句及上句都是写东晋南渡，迁都建康。
③ 悬法：指象阙。
④ 弗纪：没有记载。
⑤ 大人：指君主，即梁武帝。物：特指石阙。
⑥ 龙德：君德。休否（pǐ匹）：停止了不吉的命运。
⑦ 百常：八尺为一常，百常是形容象阙之高。
⑧ 双起：指神龙阙与仁虎阙双阙并立。

伟哉偃蹇①，壮矣巍巍。旁映重叠②，上连翠微③。
布教方显，浃日初辉④。悬书有附⑤，委箧知归⑥。

① 偃蹇（yǎn jiǎn 演减）：雄奇高耸。
② 旁映：辉映四周。重叠：巍峨高耸。
③ 翠微：天边云气。
④ 浃（jiā加）日：古时以十日为一周匝，称浃日。
⑤ 悬书：悬挂法令于象阙。有附：有所依附。
⑥ 委箧（qiè切）：谓收藏法书。箧，书箱。

郁崛重轩①，穹隆反宇②。形耸飞栋③，势超浮柱④。
色法上圆⑤，制模下矩⑥。周望原隰⑦，俯临烟雨。

① 郁崛：形容雄伟的样子。重轩：重叠的栏杆。
② 穹隆：形容高耸的样子。反宇：屋檐上仰起的瓦头。
③ 飞栋：高耸的屋梁。
④ 浮柱：高高的廊柱。
⑤ 法：效法。上圆：指天。
⑥ 模：模仿。下矩：指地。古人认为天圆地方。

⑦ 原隰（xí 席）：平原低湿之地。

前宾四会①，却背九房②。北通二辙③，南凑五方④。
暑来寒往，地久天长。神哉华观⑤，永配无疆⑥。

① 宾：列。四会：四通八达的道路。
② 却：后面。九房：明堂，古代天子宣明政教之处。
③ 二辙：指皇宫正门的应门。《周礼》："应门二辙。"
④ 凑：至。五方：指东西南北中五个方位。
⑤ 华观：华丽的石阙，指神龙阙与仁虎阙。
⑥ 无疆：无穷无尽。

殿　赋

[南朝梁] 萧　统

【题解】萧统（501~531 年），字德施，小字维摩。南兰陵（江苏武进）人。南朝梁代文学家，梁武帝萧衍长子。天监元年（502 年）十一月，萧统被立为太子，惜英年早逝，去世后葬在南京北象山，谥号"昭明"，史称昭明太子。萧统自幼酷爱读书，喜爱文学，雅善诗赋，今有《昭明太子集》。又主编有《文选》，世称《昭明文选》，对后世产生了极大影响。此赋属于《文选》赋体中的"宫殿"一类，采用典型的骈赋文体，通篇为四六句，句式工整，铺写详细，词采明丽。遗憾的是，我们尚不能确认赋中所写的具体是哪一座宫殿。

观华曤之美者①，莫若高殿之丽也②。高殿博敞③，华色照朗。内备杂藻④，外发珍象⑤。延脰观之⑥，欣然俯仰。阑槛参差⑦，栋宇齐畟⑧。玄黄既具⑨，鲜丽亦发。椽并散节⑩，若山若谷。或象翔鸟，或拟森竹。藻棁鲜华而粲色⑪，山节珍形而曜目⑫。

① 华曤：同"华曤"，"曤"当是"曤相之圃"的省称。华曤，当指华林园，其中有园圃、宫殿等，始建于三国吴时，南朝梁代又在园中兴建了重云殿、兴光殿等。

② 高殿：从重云殿的名称来看，此殿当较高，或是高殿所指。

③ 博敞：开阔宽敞。

④ 杂藻：各种藻绘装饰。

⑤ 珍象：珍奇图像。

⑥ 脰（dòu 豆）：颈，脖子。

⑦ 阑槛：栏杆。

⑧ 齐畟（测 cè）：整齐坚牢。

⑨ 玄黄：天地的颜色。《周易·坤卦》："天玄而地黄。"这句是说宫

殿以天地为背景。

⑩ 椽：放在檩上架着屋顶的木杆。节：即山节，亦称斗拱，其相互支撑，形头如山，故下句有"若山若谷"的比喻。

⑪ 藻棁：画梁上短柱，有藻绘的彩饰。粲：鲜艳。

⑫ 珍形：形状罕见珍贵。

旅视刑则①，委累嵯峨②。雕丹文于檐际③，镂华形以列罗④。若乃日照珠帘，彪炳灼烁⑤，轻风吹幌⑥，乍扬乍薄⑦。接长栋之耿耿⑧，垂檐溜于四隅⑨。建厢廊于左右，造金墀于前庑⑩。卷高帷于玉楹⑪，且散志于琴书⑫。

① 旅视：巡视。刑则：样式。

② 委累：重叠累积。嵯峨：高峻的样子。

③ 丹文：红色的花纹。

④ 列罗：即罗列，为谐韵而倒文。

⑤ 彪炳、灼烁：都是形容光彩、鲜明。语出左思《三都赋·蜀都赋》："符采彪炳，晖丽灼烁。"

⑥ 幌：帘帷。

⑦ 乍扬乍薄：时而飞扬，时而停止。

⑧ 耿耿：联接的样子，连绵。

⑨ 檐溜（liù 六）：顺屋檐滴下来的水。四隅：屋宇的四角。

⑩ 金墀（chí 迟）：以金涂饰的台阶。庑（wǔ 五）：高堂下四周的廊房、厢房，即上一句中的"厢廊"。

⑪ 玉楹：玉柱。

⑫ 散志：散心。此句亦即陶渊明《归去来辞》"乐琴书以消忧"之意。

对烛赋

[南朝梁] 庾　信

【题解】庾信（513~581 年），字子山，小字兰成。南阳新野（今河南新野）人，南朝后期重要文学家。庾信出身文学世家，自幼聪颖，文才秀异，尤工诗赋。庾信与其父庾肩吾出入梁简文帝萧纲的宫廷，是其时宫体文学的主要代表作家。现存的梁简文帝萧纲以及梁元帝萧绎文集中，各有一篇《对烛赋》，与庾信这篇《对烛赋》同题。实际上，同题创作是当时宫体文学创作中常见的活动形式，换句话说，庾信这篇《对烛赋》就是宫体文学创作的产品之一，肯定产生于梁朝都城建康。此赋题材上属于咏物赋，形式上属于南朝后期高度诗化的骈赋体，其诗化的重要表征，就是骈赋的四六句式逐步被诗的五七言句式替代，赋的直言铺陈也逐步被诗的意境呈现所取代，其文采缤纷，情韵悠远，亦堪称南朝后期体物赋的代表作。

龙沙雁塞甲应寒①，天山月没客衣单②。灯前桁衣疑不亮③，月下穿针觉最难。刺取灯花持桂烛④，还却灯檠下烛盘⑤。铸凤衔莲⑥，图龙并眠⑦。烬高疑数剪，心湿暂难然⑧。铜荷承泪蜡⑨，铁铗染浮烟⑩。本知雪光能映纸⑪，复讶灯花今得钱⑫。

①龙沙：沙漠。雁塞：雁门关塞。甲：盔甲。头句从边塞苦寒落笔，慢慢过渡到远方的闺中思妇，既有勾联，又有对照。

②天山：祁连山，汉军与匈奴作战的地方，代指边塞。

③桁（hàng 沆）衣：把（做好的）征衣挂在衣架上。

④桂烛：用桂膏制的烛，泛指蜡烛。六朝文章中喜用桂棹、兰舟一类的词语，前一字是美化修饰，未必是实指。

⑤灯檠（qíng 情）：烛台。烛盘：烛台的底盘。

⑥铸凤衔莲：烛台饰有龙凤图案。

⑦图：描绘。并眠：以龙凤并眠反衬思妇与戍边荡子的万里相隔。

⑧然：同"燃"。

⑨ 铜荷：铜质荷花形的烛台盘。泪蜡：蜡泪。

⑩ 铁鋬：铁质的插蜡烛的尖钉。

⑪ 雪光能映纸：晋末孙康因为家贫，常映着雪光读书。

⑫ 灯花今得钱：古人民间相传的一种说法，灯火花，则得钱财。

　　莲帐寒檠窗拂曙①，筠笼熏火香盈絮②。傍垂细溜③，上绕飞蛾④。光清寒入，焰暗风过。楚人缨脱尽⑤，燕君书误多⑥。夜风吹，香气随，郁金苑⑦，芙蓉池⑧。秦皇辟恶不足道⑨，汉武胡香何物奇⑩。晚星没，芳芜歇⑪，还持照夜游，讵减西园月⑫？

① 莲帐：饰有莲花的帷帐。拂曙：拂晓。

② 筠笼：竹火笼，竹熏笼。此句写闺中室内的温暖香熏。

③ 细溜：这里指自烛台垂下的细细的蜡泪。

④ 上绕飞蛾：飞蛾绕着烛火而飞。

⑤ 楚人缨脱尽：据《说苑》记载，楚庄王赐群臣饮酒，日暮烛灭，有人趁机去拉楚王美人的衣服，美人把这人的冠缨也就是帽带扯断，以作标记。楚王认为自己让人喝酒，致其醉酒失礼，非其人之过，就命令所有在场的人都先扯断帽带，才重新点上烛火。

⑥ 燕君书误多：据《韩非子》记载，郢人要写信给燕国的相国，因为烛火不够明亮，就叫身边的人举烛，结果不小心将"举烛"二字写进信里。燕国相国读信，以为"举烛"是劝其举贤任能，大加赞赏。这就是成语"郢说燕书"的来历。以上二句用了两个有关烛火的典故。

⑦ 郁金苑：长满郁金香的苑池。

⑧ 芙蓉池：开满芙蓉的池子。

⑨ 秦皇辟恶：秦始皇的辟恶车。辟恶是一种香料，可以驱邪辟恶，辟恶车则是熏了这种香料的车。

⑩ 汉武胡香：汉武帝时，有胡人献奇香，香气长久，而且可以驱疫。

⑪ 芳芜：花开草茂。

⑫ "还持照夜游"二句：出自古诗"昼短苦夜长，何不秉烛游？"和魏文帝曹丕《芙蓉池》："乘辇夜行游，逍遥步西园。"

唐五代两宋篇

为宋中丞请都金陵表①

[唐] 李 白

【题解】李白（701~762年），字太白，号青莲居士，唐代最伟大的诗人之一。他的文学才华横逸，诗风雄放飘逸，"笔落惊风雨，诗成泣鬼神"，因而被后人誉为"诗仙"，并与杜甫并称为"李杜"。李白对六朝古都南京充满好感，他在南京留下了《登金陵凤凰台》等名篇在内的许多诗作。至德二年（757年），57岁的李白入永王幕府，作组诗《永王东巡歌》，写下了"龙蟠虎踞帝王州，帝子金陵访古丘。春风试暖昭阳殿，明月还过鳷鹊楼"的诗句，表达他对"金陵王气"的认可。后永王兵败，李白受牵连入狱，幸得宋若思（也就是本文题目中的宋中丞）等人营救，其后成为宋若思的幕僚。李白很受宋若思器重，代其写过一些文表，本文就是其中一篇。他以宋若思的名义，建议唐朝迁都金陵，反映了李白对金陵古都的情有独钟。文章善于运用铺陈夸张的手法，气势充沛，如悬河决口，滔滔不绝。从整体来看，唐朝是南京政治地位边缘化的时代，李白这篇上表，以其宏大的声音，令唐人对金陵古都重新瞩目。

臣某言②，臣诚惶诚恐，顿首顿首。臣闻社稷无常奉③，明者守之；君臣无定位，闇者失之④。所以父作子述⑤，重光叠辉，天未绝晋⑥，人惟戴唐⑦，以功德有厚薄，运数有修短⑧，功高而福祚长永⑨，德薄而政教陵迟⑩，三后之姓⑪，于今为庶，非一朝也。

① 宋中丞：即宋若思，官御史中丞。李白牵连永王李璘之案而入狱，得到宋若思等人营救，后即加入宋若思的幕府。

② 臣某言：这句以及此下两句，都是古代上表开头的固定格式，表示上表时惶恐谨慎的态度。

③ 社稷无常奉：国家没有固定的奉祀人，亦即政权无常的意思，与下句"君臣无定位"是互文见义。这两句语出《左传》："社稷无常奉，君臣无定位，自古以（已）然。"杜预注："奉之无常人，言惟德也。"

④ 闇（àn 暗）者：愚昧糊涂的人。

⑤ 父作子述：父亲一辈开创（事业），儿子一辈继承。

⑥ 天未绝晋：西晋末年，司马氏政权遇五胡十六国之乱而倾覆，琅琊王司马睿在建康（南京）重建东晋政权，可谓天命不绝。

⑦ 戴：拥戴。

⑧ 运：国运。修短：长短。

⑨ 祚（zuò 作）：福，特指国家之福。永：长久。

⑩ 陵迟：衰微。

⑪ 三后：虞、夏、商三代的君主。古代天子与诸侯皆可称为后。

伏惟陛下钦六圣之光训①，拥千载之鸿休②，有国之本，群生属望③，粤自明两光岐之阳④。昔有周太王之兴⑤，发迹于此，天启有类，岂人事欤！皇朝百五十年⑥，金革不作⑦，逆胡窃号⑧，剥乱中原，虽平嵩丘⑨，填伊洛⑩，不足以掩宫城之骸骨；决洪河⑪，洒秦雍⑫，不足以荡犬羊之羶臊⑬。毒浸区宇⑭，愤盈穹旻⑮，此乃猛士奋剑之秋，谋臣运筹之日⑯。

① 六圣：此表是上给唐肃宗皇帝的，六圣是指唐肃宗之前的唐代六位皇帝，即高祖、太宗、高宗、中宗、睿宗、玄宗。光训：英明的教诲。语出《尚书·顾命》："用答扬文武之光训。"

② 鸿休：鸿业；大统。

③ 属望：仰望。

④ 粤：句首语气助词，无实义。明两：指太子。《周易》："象曰：明两作离，大人以继明照于四方。"《周书·萧圆肃传》载萧氏《少傅箴》："惟王建国，辨方正位。左史记言，右史记事，莫不援立太子，为皇之贰。是以《易》称明两，《礼》云上嗣。"光：光照。岐：岐山之阳，在岐州，后先后改名扶风、凤翔。周太王迁国于岐山之下，即其地。《诗经·鲁颂·閟宫》云："后稷之孙，实惟大（太）王。居岐之阳，实始翦商。"唐肃宗由太子继位，二载，遂驻跸于凤翔。其年十月，克复两京，始还长安城。

⑤ 周太王：即古公亶父，周文王之祖父，迁居岐山之阳，开创周朝功业。

⑥ 百五十年：自唐朝建立（618年）至唐肃宗时，约150年。

⑦ 金革：军械和军装，借指战争。

⑧ 逆胡：指安史之乱中安禄山等人。

⑨ 嵩丘：指嵩山，唐代东都洛阳旁边最有代表性的山。

⑩ 伊洛：伊河和洛河，洛阳最有代表性的两条河。

⑪ 洪河：大河。

⑫ 秦雍：这里指以西都长安为中心的关中大地。

⑬ 犬羊之羶臊：古代相信北方胡人食羊肉狗肉，其身上多羶臊之味，这里代指胡人。

⑭ 区宇：全国大地。

⑮ 穹旻：天空。

⑯ 运筹：谋画。

夫不拯横流①，何以彰圣德；不斩巨猾②，无以兴神功。十乱佐周而克昌③，四凶及虞而乃去④。去元凶者⑤，非陛下而谁？且道有兴废，代有中季⑥，汉当三七⑦，莽亦为灾⑧，赤伏再起⑨，丕业终光⑩，非陛下至神至圣，安能勃然中兴乎⑪？

① 横流：沧横横流，比喻天下大乱。

② 巨猾：大盗、大奸贼。《东京赋》："巨猾间叠，窃弄神器。"

③ 十乱：指辅佐周朝而兴的十个治世能臣。《尚书·泰誓》："予有乱臣十人，同心同德，"这里的乱，是治理之义。乱臣十人，包括周公、姜太公、召公、毕公、荣公、散宜生、南宫适等。

④ 四凶：指浑敦、穷奇、梼杌、饕餮。及：到了。虞：虞舜。《左传》："昔帝鸿氏有不才子，天下之民谓之浑敦。少皞氏有不才子，天下之民谓之穷奇。颛顼氏有不才子，天下之民谓之梼杌。此三族也，世济其凶，增其恶名，以至于尧。尧不能去。缙云氏有不才子，天下之民以比三凶，谓之饕餮。舜臣尧宾，于四门流四凶族，投诸四裔，以御魑魅。"

⑤ 元凶：凶犯之首。

⑥ 代：世，唐人避唐太宗李世民讳，把"世"写成"代"。中季：兴废盛衰。《汉书·谷永传》："时世有中季，天道有盛衰。"

⑦ 三七：西汉元帝、成帝之世，有道士传播谶纬之言，称将有"赤厄三七"，三七二百一十年，有外戚之篡。果然，到汉兴二百一十年，王莽篡汉。

⑧ 莽：王莽，西汉末年篡权，建立了新莽王朝。

⑨ 赤伏：预言刘秀中兴的符谶。据《后汉书》记，刘秀先在长安，有同舍生从关中奉赤伏符来，符文曰："刘秀发兵捕不道，四夷云集龙斗野，四七之际火为主。"

⑩ 丕业：大业。

⑪ 勃然：突然蓬勃的样子。

以臣料人事得失，敢献疑于陛下。臣犹望愚夫千虑，或冀一得①。何者？贼臣杨国忠②，蔽塞天聪③，屠割黎庶④，女弟席宠⑤，倾国弄权，九土泉货⑥，尽归其室。怨气上激，水旱荐臻⑦，重罹暴乱⑧，百姓力屈，即欲平殄蟊贼⑨，恐难应期。且图万全之计，以成一举之策⑩。

① 愚夫千虑，或冀一得：语出《汉书·韩信传》："广武君曰：臣闻智者千虑，必有一失；愚者千虑，亦有一得。"

② 杨国忠：杨贵妃的族兄，唐玄宗的宠臣，曾任宰相多年。唐人认为他是导致安史之乱的罪魁祸首之一，安史乱起，他被乱兵所杀。

③ 天聪：天听，皇帝的听觉。

④ 黎庶：黎民百姓。

⑤ 女弟：指唐玄宗宠信的妃子、杨国忠的族妹杨玉环。席宠：枕席之宠。

⑥ 九土：九州之土，全国。泉货：金钱。

⑦ 荐臻：接二连三，纷至沓来。《诗经·大雅·云汉》："天降丧乱，饥馑荐臻。"

⑧ 罹：遭受。

⑨ 平殄：平定殄灭。蟊贼：食禾稼的害虫，比喻危害人民和国家的奸贼。

⑩ 一举：一举成功。

今自河以北①，为胡所凌；自河之南，孤城四垒。大盗蚕食，割为洪沟；

宇宙嵲屼②，昭然可睹③。臣伏见金陵旧都，地称天险，龙盘虎踞④，开
局自然⑤，六代皇居⑥，五福斯在⑦，雄图霸迹，隐轸由存⑧，咽喉控带⑨，
萦错如绣⑩，天下衣冠士庶，避地东吴，永嘉南迁⑪，未盛于此。臣又闻
汤及盘庚，五迁其邑⑫，典谟训诰⑬，不以为非。卫文徙居楚丘⑭，风人
流咏⑮。伏惟陛下，因万人之荡析⑯，乘六合之诪张⑰，去扶风万有一危
之近邦⑱，就金陵太山必安之成策⑲，苟利于物⑳，断在宸衷㉑。

① 河：黄河。

② 嵲屼（niè wù 聂务）：形容高下颠簸。

③ 昭然可睹：显而易见。

④ 龙盘虎踞：相传三国时诸葛亮曾经说过：钟山龙蟠，石城虎踞，
是王者都邑之地。

⑤ 开局：开合。

⑥ 六代：六朝，即东吴、东晋、宋、齐、梁、齐这六个定都金陵的朝代。

⑦ 五福：古代传说君王所拥有的五种高贵的福气。

⑧ 隐轸：丰富、众多，语出谢灵运《入东道路诗》："隐轸邑里密，
缅邈江海辽。"

⑨ 咽喉控带：都是形容南京地理位置的重要。

⑩ 萦错：纵横交错。

⑪ 永嘉：晋怀帝年号（307~312年），西晋末年经过八王之乱，国力大衰，
永嘉五年（311年），匈奴攻陷洛阳，掳走怀帝，北方士族纷纷南渡到长
江以南，史称永嘉之乱。

⑫ 五迁其邑：汤及盘庚都是商代君主。据《尚书》孔安国传，商代
自汤至盘庚，凡五迁都，所以，当盘庚迁都邑到亳的时候，殷民怨怒，
盘庚作文晓谕之。

⑬ 典谟训诰：指《尚书》，因为《尚书》中很多篇名以典、谟、训、
诰命名，都属于公文。

⑭ 卫文徙居楚丘：卫文公徙居楚丘，始建城市，营造宫室，百姓喜悦，
国家殷富。按照传统的解释，《诗经·鄘风·定之方中》就是以此事为背景，
是赞美卫文公的。

⑮ 风人流咏：指《诗经·鄘风·定之方中》。

⑯ 万人：万民。荡析：流离失所。

⑰ 六合：天下。诪（zhōu 周）张：欺诳。

⑱ 扶风：唐代郡名，靠近唐代首都长安，属于近畿，故称近邦。

⑲ 太山：泰山。成策：现成的计策。

⑳ 物：人民。

㉑ 宸衷：皇帝的内心。

况齿革羽毛之所生 ①，梗枏豫章之所出 ②。元龟大贝 ③，充牣其中 ④；银坑铁冶，连绵相属。划铜陵为金穴 ⑤，煮海水为盐山 ⑥。以征则兵强，以守则国富。横制八极 ⑦，克复两京 ⑧。俗畜来苏之欢，人多徯后之望 ⑨。陛下西以峨嵋为壁垒 ⑩，东以沧海为沟池，守海陵之仓 ⑪，猎长洲之苑 ⑫，虽上林、五柞 ⑬，复何加焉。

① 齿革羽毛：代指各种动物及动物一类物产资源。南京属于扬州之地，据《禹贡》记载，扬州上贡之物有齿革羽毛，齿指象牙，革指犀牛皮；羽指鸟羽毛，毛指旄牛尾。

② 梗枏（pián nán 骈南）、豫章：皆是树名，代指各种植物尤其木材之类的物产资源。据《禹贡》记载，扬州上贡的木材有梗、梓、豫章等，三者都是好木材。

③ 元龟大贝：元龟即大龟，大贝产海中，出明珠。这里代指江渔水产资源。

④ 充牣：充满，难以计数。

⑤ 划削。铜陵：产铜的山陵。金穴：藏金的矿穴。

⑥ 这两句出自《汉书·伍被传》："采山铜以为钱，煮海水以为盐。"

⑦ 八极：八方极远之地，指天下。

⑧ 克复：收复。两京：唐代的西都长安和东都洛阳。

⑨ "俗畜来苏之欢"两句：出自《尚书·仲虺之诰》："攸徂之民，室家相庆：曰徯我后，后来其苏。"意思是说民间百姓都翘首以待，期盼君王到来，解救百姓于水深火热之中，使整个社会恢复生机。徯：等待。

后：君王。

⑩峨眉：山名，在今四川省。

⑪海陵之仓：即汉代吴王濞之仓。西汉枚乘上书曰："转粟西向，水行满河，不如海陵之仓。"谓海渚之陵，因以为仓，早已埋灭。

⑫长洲之苑：长洲苑在苏州西南，太湖北岸，是吴王阖闾游猎之处。

⑬上林：上林苑，秦汉时代的皇家苑囿，规模宏大，宫室众多，可以游乐畋猎其中。五柞宫：汉代的离宫，在扶风盩厔（今陕西周至）。宫中有五棵柞树，荫覆数亩，因以为名。

上皇居天帝运昌之都①，储精真一之境②，有虞则北闭剑阁③，南扃瞿塘④。蚩尤共工⑤，五兵莫向⑥。二圣高枕⑦，人何忧哉。飞章问安⑧，往复巴峡⑨，朝发白帝，暮宿江陵⑩，首尾相应，率然之举。不胜屏营瞻云望日之至⑪，谨先奉表陈情以闻。

①上皇：指唐玄宗。安史乱起，唐玄宗避乱蜀地，唐肃宗即位后，奉唐玄宗为太上皇，当时仍在蜀地。天帝运昌之都：天帝属意的国运昌隆之都，指蜀地。

②储精真一之境：指蜀地。传说黄帝曾往峨眉山，谒皇人（泰壹氏），问真一之道。储精，储蓄精诚。

③有虞：有忧患。剑阁：在四川、陕西、甘肃三省结合部，位于四川省北部，是北边进出蜀地的重要门户。

④扃（jiōng）：门户。这里是意动用法，是"以……为门户"的意思。瞿塘：瞿塘峡，在四川南部。

⑤蚩尤：上古部落首领，传说能作云雾，作五兵，与黄帝大战于涿鹿之野，终于败亡。共工：上古氏族首领，传说其与高辛争为帝，败，怒触不周山而死。

⑥五兵：五种兵器，具体所指，说法不一。

⑦高枕：高枕无忧。

⑧飞章：飞速上奏章。

⑨往复：往返。巴峡：长江三峡之一，长江自巫山入巴东一段峡谷

为巴峡。

⑩ 朝发白帝、暮宿江陵：原句出自《水经注·三峡》。李白《早发白帝城》诗云："朝辞白帝彩云间，千里江陵一日还。"

⑪ 屏营：惶恐。这是奏章书札的格式用词。瞻云望日：指臣子仰望贤明的君主的恩泽与光辉。

摄山栖霞寺新路记

[南唐] 徐　铉

【题解】徐铉（916~991 年），字鼎臣，广陵（今江苏扬州）人。曾任南唐知制诰、翰林学士、吏部尚书，后随李煜归宋，官至散骑常侍，世称徐骑省。徐铉工书，善李斯小篆，曾受诏校定《说文解字》，弟徐锴亦有文名，并称"二徐"。栖霞山旧名摄山，以山中盛产药草、有利摄生而得名。二徐兄弟甚爱栖霞山山水之胜，暇日常来此游览，并有别业在栖霞山麓。至今栖霞山千佛岩崖壁之上，仍然留有二徐兄弟的篆书题刻。南唐中主李璟保大九年（951 年），金陵市民庄思惊捐资，赞助栖霞寺僧道严，重修通往摄山栖霞寺的道路，质量好，规格高，不仅极大方便城中百姓往来，而且显示了金陵作为南唐都城的不凡气势。

栖霞寺山水胜绝，景象瓌奇①，明征君故宅在焉②，江令公旧碑详矣③。高宗大帝刊圣藻于贞石④，纡宸翰于璇题⑤，焕乎天光，被此幽谷。先是，兹山之距都也，五十里而遥，方轨并驱，崇朝可至⑥。及中原构乱，多垒在郊⑦，野无牧马之童，歧有亡羊之仆。义祖武皇帝潜龙兹邑⑧，访道来游，始命有司，是作新路。金椎既隐⑨，玉轸言还⑩。桐山之驾不追⑪，回中之道亦废⑫。于戏⑬！圣人遗迹，必将不泯，微禹之叹⑭，夫何逮哉！

①瓌（guī 归）奇：奇异。

②明征君：明僧绍，南朝宋齐之间的名士，宋齐皇帝曾多次征召他，皆不出，晚年隐居栖霞山，筑栖霞精舍而居，后捐宅为寺，遂有栖霞寺。

③江令公：江总，曾任南朝陈中书令。他撰有《摄山栖霞寺碑文》，简称为"江总碑"，后倾覆。今日栖霞寺门前所立江总碑，是 2014 年重新刻立的。

④高宗：唐高宗李治，649~683 年在位，曾撰《明征君碑》，立于栖霞寺前，今仍存。

⑤纡：纡尊，屈尊。宸翰：皇帝的书法。璇题：以玉装饰。《明征君

碑》背面题有"栖霞"二大字，传为唐高宗御笔，是珍贵的装饰。

⑥崇朝：终朝。一个早上，亦指一天。

⑦多垒：营垒众多，比喻战乱。

⑧义祖武皇帝：徐温（862~927年），字敦美，海州朐山（今江苏东海）人，五代十国时期吴国大臣，南唐烈祖徐知诰（李昇）的养父。李昇建立南唐后，追谥徐温为忠武皇帝，庙号义祖。潜龙：比喻皇帝还未登位时。兹邑：这座城市，指南京。

⑨金椎既隐：（修路时）用铁铸的捶击具筑实路面。

⑩玉轪（dài带）：玉车。比喻皇帝的车驾。

⑪桐山之驾：皇帝的车驾。

⑫回中之道：皇帝出行的道路。

⑬于戏：通"呜呼"。

⑭微禹：语出《左传·昭公元年》："美哉禹功！明德远矣。微禹，吾其鱼乎！"本义是歌颂大禹治水的功绩，如果没有大禹治水，人们都要变成鱼了。后来用作颂扬功德的套话。微：如果没有。

保大辛亥岁①，时安岁丰，政简民暇，粤有寺僧道严②，名高白足，动思利人。百姓庄思悰，家擅素封③，积而能散，嗟亭候之不复④，悯行旅之多艰，乃相与翦荆榛，疏坎窞⑤，辟通衢之夷直⑥，弃邪径之迂回，建高亭于道周，跨重桥于川上，凿甘井以救喝⑦，立名表以指迷⑧。草树风烟，依然四望，峰峦台榭，肃肃前瞻。由是江乘之涂⑨，复识王畿之制矣⑩。

①保大：南唐中主李璟的年号。辛亥是保大九年（951年）。

②道严：栖霞寺僧，事迹不详。

③庄思悰：南京百姓，事迹不详。素封：没有官爵封邑而财富可以与有官位封邑的人相比，富裕人家。

④亭候：路上供人休息歇脚的亭子。

⑤坎窞（dàn旦）：坎坷不平。

⑥夷直：平直。

⑦ 暍（yē椰）：暑热。

⑧ 名表：石碑。

⑨ 涂：通"途"，道路。

⑩ 王畿：首都。

　　余职事多暇，屡游此山，喜直道之攸遵^①，嘉二叟之不懈^②，为文刻石，用纪成功^③，俾后之好事者^④，以时开通，随坏完葺^⑤。此碣有泐^⑥，斯文未湮，不亦美乎！其年八月一日，兵部员外郎、知制诰徐铉记。

① 攸：所。

② 二叟：指庄思惊和僧道严。

③ 用：以。

④ 俾：使。

⑤ 完葺：修复。

⑥ 泐（lè勒）：同"勒"，刻。

真州长芦寺经藏记

[宋] 王安石

【题解】王安石（1021~1086 年），字介甫，号半山，原籍临川（今江西抚州市临川区），北宋著名政治家、文学家，有《临川文集》。王安石少年随父迁居南京，后定居南京，晚年退居南京城东半山居，留下很多有关南京尤其钟山风景的诗篇。真州长芦寺在今南京市六合区长芦街道，宋代属真州（今江苏仪征）。长芦寺是佛教禅宗著名的寺院之一，始建于南朝，禅宗初祖菩提达摩曾驻止于此寺。唐朝诗人骆宾王、李白、韦应物、刘长卿、孟郊、温庭筠等皆曾慕名前来。北宋寺僧释智福募钱三千万，重建寺院，规模宏大，建构精美，并藏佛经五千四十八卷，可谓盛极一时。王安石应邀为此寺作经藏文，进一步扩大了长芦寺的名声。其后，宋代苏东坡、秦观、黄庭坚、明代李东阳、王守仁、王世贞等名贤，也都慕名到此。

西域有人焉①，止而无所系②，观而无所逐③。唯其无所系，故有所系者守之；唯其无所逐，故有所逐者从之。从而守之者，不可为量数，则其言而应之④、议而辨之也，亦不可为量数。此其书之行乎中国⑤，所以至于五千四十八卷，而尚未足以为多也。

① 西域：古代对玉门关、阳关以西地区的总称，包括亚洲中西部、印度半岛、欧洲东部乃至非洲北部。这里指印度。人：指佛祖释迦牟尼。

② 系：拘束。

③ 逐：追逐。

④ 则：效法、遵照。

⑤ 其书：指佛经。

真州长芦寺释智福者①，为高屋，建大轴②两轮，而栖瓯③于轮间以藏五千四十八卷者，其募钱至三千万，其土木丹漆珠玑④，万金之闳壮靡丽⑤，言者不能称也，唯观者知焉。夫道之在天下莫非命，而有废兴，时也。知出之有命，兴之有时，则彼所以当天下贫窭之时⑥，能独鼓舞，得其财以有所建立。每至于此，盖无足以疑。智福有才略，善治，其徒众从余求识其成⑦，于是乎书。

① 真州：今江苏仪征。释智福：北宋长芦寺住持。

② 轴：车轴。

③ 匦（guǐ 轨）：柜子、匣子。

④ 丹漆；涂以朱红色的漆。珠玑（jī 机）：珠宝，珠宝。这里比喻精美贵重的装饰。

⑤ 闳（hóng 宏）壮靡丽：宏大壮丽，奢华讲究。

⑥ 贫窭（jù 具）：贫穷、困乏。

⑦ 识：通"志"，记。

车驾巡幸建康起居表

［宋］李 纲

【题解】李纲（1083~1140年），字伯纪，号梁溪先生，常州无锡人，祖籍福建邵武。两宋之际抗金名臣。宋徽宗政和二年（1112年）进士第，宋高宗即位初，一度起用为相。死后，谥号"忠定"。著有《梁溪集》。宋室南渡，以建康为留都，宋高宗曾建行宫于建康。当时主张抗金、致力恢复北方失土的文武大臣，都主张以建康为行在，因为建康临江，在战略上便于北上进取。绍兴七年（1137年）三月，宋高宗巡幸建康，李纲利用这一时机上表，表达了对皇帝北伐灭金、"恢复故境，再臻太平"的热切期望。此表以传统的四六骈体写就，骈对工整，语意明确，今存李纲《梁溪集》卷九十四。

臣某言：伏睹都进奏院报①，车驾以二月二十七日进发，巡幸建康府者②，乾旋坤转③，共知天意之回④；雷动风行，顿觉皇威之畅。御六龙以于迈⑤，屯万乘于要区⑥。三灵欢欣⑦，四海呼舞⑧。

① 都进奏院：南宋中央官署名，属门下省给事中，掌承转诏敕及朝廷各部门公文于诸路，并转呈章奏，分送文书至朝廷各有关部门。

② 二月二十七日：据《宋史》卷二十八《高宗纪》记载，宋高宗于绍兴七年（1137）二月二十七日由平江（今苏州）出发巡幸建康，三月九日抵达建康。

③ 乾旋坤转：即乾坤旋转，天地旋转。

④ 天意：指皇帝的心意。

⑤ 六龙：指皇帝的车驾。于迈：出行。这里特指皇帝出行，出自《诗经·大雅·棫朴》："周王于迈，六师及之。"

⑥ 万乘：万辆兵车，指皇帝的车队。

⑦ 三灵：指天、地、人。

⑧ 四海：全国。呼舞：欢呼鼓舞。

　　窃以江左之形胜^①，莫如建邺之雄浑^②。自昔称帝王之州^③，于今为东南之会^④。控引淮海，襟带江湖，岂惟民物之阜蕃^⑤，寔乃舟车之辐凑^⑥。玉麟神玺^⑦，晋以中兴；虎踞龙蟠^⑧，吴资用武。兵戈之后，王气方隆。皇帝陛下慨国步之多艰^⑨，悯帝都之未复，因之天险，济以人谋。高祖之固关中^⑩，战必胜而攻必取；光武之保河内^⑪，利则伸而钝则蟠^⑫。赤县神州^⑬，行遂定都于河洛^⑭；灵川沃野，聊兹临幸于江山。方将张皇六师^⑮，震叠中土^⑯，驾驭貔虎^⑰，剪屠鲸鲵^⑱。扫陵寝之氛埃，葺宗庙之钟虡^⑲，恢复故境，再臻太平^⑳。

　　① 江左：江南。

　　② 建邺：南京古称。

　　③ 自昔称帝王之州：南朝齐谢朓《入朝曲》："江南佳丽地，金陵帝王州。"

　　④ 会：都会。

　　⑤ 阜蕃：繁衍生息。

　　⑥ 寔：同"实"。辐凑：聚集，集中。

　　⑦ 玉麟神玺：西晋末年，洛阳被胡人攻陷，晋室南迁，晋元帝即位于建邺，号称中兴。据说当时江宁出现了白玉麒麟和神玺等祥瑞。

　　⑧ 虎踞龙蟠：相传诸葛亮说过，南京有"石城虎踞、钟山龙蟠"的形胜，东吴孙权遂定都于此。

　　⑨ 国步：国家的命运。

　　⑩ 高祖：指汉高祖刘邦。刘邦先入关中，固守其地，后来乃出关与项羽争天下，并最终夺取天下。

　　⑪ 光武：东汉光武帝刘秀，靠在河内（即黄河以北）招集兵马人才，才奠定了后来的基业。

　　⑫ 利则伸而钝则蟠：形势有利则进攻，形势不利则退守。

　　⑬ 赤县神州：指华夏、中国。

　　⑭ 行遂定都于河洛：这句是说宋高宗行将如汉高祖和光武帝定都长安、洛阳那样，取得最终胜利。

　　⑮ 张皇：壮大，显扬。六师：六军。

⑯ 震叠：威震。中土：中原。

⑰ 貔（pí 皮）虎：貔貅和老虎，泛指猛兽。这里比喻勇猛善战的军队。

⑱ 翦屠：消灭。鲸鲵：原指海中巨兽，这里比喻喻凶恶的敌人。

⑲ 葺：修葺。钟虡（jù 具）：古代悬挂钟或磬的格架。这里泛指宗庙的礼器。

⑳ 臻：达到。

　　而臣误被宸恩①，滥当阃寄②，虽长堤新厩③，窃慕于韦丹④；顾重镇上流，有惭于温峤⑤。心驰魏阙⑥，莫参鸳鹭之行⑦；地近日畿⑧，益倾葵藿之志⑨。臣无任瞻天望圣、激切屏营之至⑩，谨遣左朝奉郎、充本司干办公事韩昈诣行在所⑪，奉表起居以闻。臣某诚惶诚惧，顿首顿首，谨言⑫。

① 宸恩：皇恩。

② 阃（kǔn 捆）寄：委以军事重任。

③ 长堤新厩：唐代韦丹出任地方官时，筑长堤，使百姓免于水患，建新厩，使马得以不死。

④ 韦丹：唐代循吏，字文明，京兆万年人。《新唐书》有传。

⑤ 温峤：字太真，东晋名臣，曾任丹阳尹，为京畿重镇；又曾任江州刺史，扼守长江上流，给朝廷以有力的支持。

⑥ 魏阙：高高的宫阙，代指朝廷。

⑦ 鸳鹭之行：鸳和鹭止有班，立有序，故以比喻朝官的行列。这句是说自己在外任职，不能厕身朝堂官员之中。

⑧ 日畿：首都及其附近地方。

⑨ 葵藿之志：比喻臣下对君主的忠诚。唐王维《责躬荐弟表》："葵藿之心，庶知向日。犬马之意，何足动天。"

⑩ 瞻天望圣：等于说"瞻望天圣"，是仰望皇上之意。屏（bīng 兵）营：惶恐，彷徨。

⑪ 韩昈（jié 杰）：字知刚，福州长乐人，曾任知饶州、漳州、建州等职，当时是李纲的属下。行在所：天子巡行所在的地方。

⑫ 此句是表奏结束时的套语。

徐十郎茶肆

[宋] 王 铚

【题解】此篇选自王铚《默记》卷中。王铚,字性之,自号汝阴老民,世称雪溪先生。主要活跃于宋高宗时代,曾任湖南安抚司参议官。晚年受秦桧排斥,避地剡溪山中,日以觞咏自娱。撰有《枢庭备检》《七朝国史》《默记》等。此篇记有关徐铉兄弟的一段掌故,颇有意趣。清代诗人厉鹗《试茶亭》诗云:"言寻白乳泉,皋卢未携至。不见试茶亭,空留试茶字。犹胜徐十郎,山前设茶肆。"可见此事已传为佳话,并为诗人用为典实。

徐常侍铉自江南归朝①,历右散骑常侍,贬静难军行军司马,而卒于邠州②。铉无子,其弟锴有后③,居金陵摄山前④,开茶肆,号"徐十郎",有铉、锴诰敕备存甚多⑤。仆常至摄山,求所谓徐十郎家观之。其间有自江南归朝初授官诰,云"归明人伪银青光禄大夫、知内史事、上柱国徐铉⑥,可依前银青光禄大夫、守太子率更令"云云,知内史乃江南宰相也,银青存其阶官也⑦。

①徐常侍铉:徐铉,字鼎臣,仕南唐为翰林学士,后随李煜归宋,官至直学士院给事中、散骑常侍。淳化初,铉坐累,谪静难军行军司马,卒于官。其事迹详《宋史》本传。江南:南唐后主李煜在宋朝军事压力之下,曾自贬仪制,改称江南国主。

②邠州:治所在今陕西彬县。

③锴:徐铉弟,字鼐臣,又字楚金,精通文字学,仕南唐,官终内史舍人。

④摄山:今南京栖霞山,详参前文《摄山栖霞寺新路记》之《题解》。今栖霞寺千佛岩岩壁上,留有徐铉、徐锴兄弟篆书题刻。

⑤诰敕:诰命诏敕。

⑥归明:弃暗投明。

⑦银青:银青光禄大夫。阶官:官员的品级。

入蜀记（选段）

［宋］陆 游

【题解】《入蜀记》四卷，是南宋著名诗人陆游所撰游记体笔记。陆游（1125~1210年），字务观，号放翁，山阴（今浙江绍兴）人。初以荫补登仕郎，隆兴初，赐进士出身。嘉泰初，官至宝谟阁待诏。著有《渭南文集》五十卷、《剑南诗稿》八十五卷、《南唐书》十八卷、《老学庵笔记》十卷等。乾道五年（1169年），陆游被授夔州通判，次年闰五月十八日，自绍兴出发，十月二十七日抵夔州。《入蜀记》记述其道路所经，"于山川风土叙次颇为雅洁，而于考订古迹尤所留意"（《四库全书总目》卷五十八《入蜀记》提要）。陆游此行在建康停留六日，自七月五日至七月十日，文中记其建康诸日间拜会朋友、踏访名胜，细致有条理，叙述人事及古迹变迁，皆娓娓可听。

五日大风，将晓，覆袷衾①。晨起，凄然如暮秋。过龙湾②，浪涌如山，望石头山③，不甚高，而峭立江中，缭绕如垣墙。凡舟皆由此下至建康，故江左有变，必先固守石头，真控扼要地也。自新河入龙光门④，城上旧有赏心亭⑤、白鹭亭⑥，在门右。近又创二水亭⑦，在门左，诚为壮观。然赏心为二亭所蔽，颇失往日登望之胜。泊秦淮亭⑧。说者以为钟阜艮山⑨，得庚水为宗庙水⑩。秦凿淮⑪，本欲破金陵王气，然庚水反为吉，天下事信非人力所能胜也。见留守、右朝请大夫、秘阁修撰唐琢，通判、右朝散郎潘恕⑫。建康行宫在天津桥北⑬，桥琢青石为之，颇精致，意其南唐之旧也。晚小雨，右文林郎、监大军仓王烜来。王言京口人用七月六日为七夕⑭，盖南唐重七夕，而常以帝子镇京口⑮，六日辄先乞巧，翌旦驰入建康赴内谯⑯，故至今为俗云。然太宗皇帝时尝下诏⑰，禁以六日为七夕，则是北俗亦如此，此说恐不然。

①袷（jiá 夹）衾：中间不衬垫絮类的被子。
②龙湾：在南京城西长江边，今龙江以西。

③石头山：石头城所在的山，即清凉山。

④新河：在今南京水西门外，是由长江水路进入南京的通道，明代以后有上新河、中新河、下新河之分。龙光门：南唐时建，位于南京城西南，明代称三山门，因其面临秦淮河，为水陆两栖城门，为旧日从水路进出南京城的主要通道，故俗称水西门。

⑤赏心亭：在水西门附近城上，北宋丁谓始建，宋代又重建。

⑥白鹭亭：在水西门之右，亭名来自李白《登金陵凤凰台》："二水中分白鹭洲。"

⑦二水亭：在水西门之左，亭名来自李白《登金陵凤凰台》："二水中分白鹭洲。"

⑧秦淮亭：秦淮河边的驿亭。

⑨钟阜：钟山。艮（gèn亘）山：艮是《周易》八卦之一，代表山，在方位一上代表东北。钟山在南京城东北，故称艮山。

⑩庚水：在西南方向的水，指秦淮河。

⑪秦凿淮：传说秦始皇凿秦淮河，意在破坏南京的风水亦即王气。

⑫唐璪：据《景定建康志》卷一，乾道六年三月，唐璪以秘阁修撰主管安抚司公事兼行宫留守司公事。其时，右朝散郎潘恕任通判，是唐璪的副手。两位是当时建康城最高行政长官，故陆游先去拜见。

⑬建康行宫：南宋初年，以旧南唐宫城为基础建造而成。天津桥：在南唐宫城南边，旧名虹桥，南宋修建建康行宫时改名天津桥，其地位于今内桥。

⑭京口：今江苏镇江。七夕：农历七月七日晚上，古代民俗以七夕为乞巧节。

⑮帝子：皇子。

⑯讌（yàn宴）：内讌：皇宫内的宴会。"讌"同"宴"。

⑰太宗皇帝：宋太宗赵光义，978~991年在位。

六日，见左朝散大夫、太府少卿、总领两淮财赋沈夏①，武泰军节度使、建康诸军都统郭振②。右宣教郎、知江宁县何作善③、右文林郎、观察推官褚意来④。作善字百祥，意字诚叔。晚见秦伯和侍郎⑤。伯和名埙，故相益公桧之孙。延坐画堂⑥，栋宇闳丽，前临大池。池外即御书阁，盖赐第也。家人病创⑦，托何令招医刘仲宝视脉⑧。

① 沈夏：其人亦见《景定建康志》，后任户部侍郎、权尚书。

② 郭振：其人亦见《景定建康志》，本年十月六日守本官致仕。

③ 何作善：字百祥，据《景定建康志》卷二十七，其知江宁县自乾道四年十月十七日到任，至八年四月十九日任满。

④ 褚意：字诚叔，据《景定建康志》卷二十四，其任建康府观察推官自乾道五年四月到任，八年任满。

⑤ 秦伯和：秦埙，字伯和，秦桧孙，绍兴二十四年（1154 年）进士第一甲第三人，曾任礼部侍郎。陆游曾与秦埙同年参加进士考试。

⑥ 画堂：装饰华丽的厅堂。

⑦ 创（chuāng 疮）：同"疮"，疮疖。

⑧ 何令：何作善。

七日早，游天庆观①，在冶城山之麓②。地理家以为此山脉络自蒋山来③，不可知也。吴、晋间城垒，大抵多因山为之。观西有忠烈庙，下壶庙也④，以嵇绍及壶二子眕、盱配食⑤。绍死于惠帝时⑥，在壶前，且非江左事，而以配壶，非也。庙后丛木甚茂，传以为壶墓。墓东北又有亭，颇疏豁，曰忠孝亭。亭本南唐忠贞亭⑦，后避讳改焉⑧。忠贞壶谥，今曰忠孝，则并以其二子死父难也。云堂道士陈德新，字可久，姑苏人⑨，颇开敏，相从登览久之。

① 天庆观：宋真宗大中祥符二年（1009 年），下令各地修建天庆观，供奉赵姓始祖"赵玄朗"，以神道设教。建康府天庆观在冶山即今朝天宫之地。

② 冶城山：亦称冶山。春秋末年，吴王夫差在今南京城西一座小土山上筑城，以冶炼兵器，称冶城，此山即称冶城山，位于今南京市秦淮区朝天宫一带。

③ 蒋山：即南京东郊钟山，因有祭祀汉末蒋子文之庙，故称蒋山。

④卞壸:字望之,济阴冤句(今山东菏泽市)人。东晋名臣。累事三朝,两度为尚书令。苏峻之乱中,他奋力抵抗,最终战死。后追赠侍中,谥忠贞。其子眕、盱,亦力战而死。时人赞曰:"父死于君,子死于父,忠孝之道,萃于一门。"

⑤嵇绍:西晋人,著名文学家嵇康之子。嵇康为司马氏所杀,嵇绍却忠于司马氏的西晋政权,永兴元年(304年)为保卫晋惠帝而死。

⑥惠帝:晋惠帝司马衷,290~307年在位。

⑦忠贞亭:为纪念卞壸而建立的亭,卞壸卒谥忠贞。

⑧避讳:此处指避宋仁宗(名赵祯)的讳。"祯"字中含有"贞",且与"贞"同音。

⑨姑苏:今江苏苏州。

遂出西门,游清凉广慧寺①。寺距城里余,据石头城,下临大江,南直牛头山②,气象甚雄,然坏于兵火。旧有德庆堂,在法堂前,堂榜乃南唐后主撮襟书③,石刻尚存,而堂徙于西偏矣。又有祭悟空禅师文,曰:"保大九年岁次辛亥九月④,皇帝以香茶乳药之奠,致祭于右街清凉寺悟空禅师。"按南唐元宗以癸卯岁嗣位⑤,改元保大,当晋出帝之天福八年⑥。至辛亥,实保大九年,当周太祖之广顺元年⑦。则祭悟空者,元宗也。《建康志》以为后主⑧,非是。

①清凉广惠寺:在今南京城西清凉山。

②牛头山:即牛首山,在旧南京城区南郊,今南京江宁区。

③南唐后主:李煜,南唐中主李璟第六子,南唐最后一位国君。北宋建隆二年(961年)即位,开宝八年(975年),被宋兵俘至汴京,封违命侯。太平兴国三年(978年)死于汴京。撮襟书:据说李煜善书法,作大字不用笔,卷帛而书之,皆能如意,世称"撮襟书"。

④保大:南唐中主李璟的年号。保大九年是公元951年。

⑤元宗:南唐中主李璟,庙号玄宗。癸卯岁:公元943年,即保大元年,岁次癸卯。

⑥晋出帝:五代后晋出帝刘重贵。保大元年,是晋出帝天福八年。

⑦周太祖：五代后周太祖郭威，其广顺元年即公元951年。

⑧《建康志》：此处指史正志于乾道五年（1169年）修撰而成的《乾道建康志》。

长老宝余，楚州人^①，留食，赠德庆堂榜墨本^②。食已，同登石头^③，西望宣化渡及历阳诸山^④，真形胜之地。若异时定都建康，则石头当仍为关要。或以为今都城徙而南^⑤，石头虽守无益，盖未之思也。惟城既南徙，秦淮乃横贯城中，六朝立栅断航之类^⑥，缓急不可复施，然大江天险，都城临之，金汤之势^⑦，比六朝为胜，岂必依淮为固耶！左迪功郎、新湖州武康尉刘炜，右迪功郎、监比较（盐）务李膺来。炜，秦伯和馆客也，言秦氏衰落可念，至屡典质，生产亦薄，问其岁入几何，曰米十万斛耳^⑧。

① 楚州：治所在今江苏淮安。

② 墨本：拓本。

③ 石头：石头城。

④ 宣化渡：长江边的渡口，位于今南京市六合区。历阳：今安徽和县。

⑤ 今都城徙而南：其时南宋已定杭州为都城，称"临安"。

⑥ 立栅断航：设立栅栏，阻断水面航线。

⑦ 金汤：金城汤池，比喻形容城池和阵地非常坚固。

⑧ 斛：古代计量单位，一斛十斗，南宋末年改一斛为五斗。

八日晨，至钟山道林真觉大师塔焚香^①。塔在太平兴国寺上^②，宝公所葬也^③。塔中金铜宝公像，有铭在其膺^④，盖王文公守金陵时所作^⑤。僧言古像取入东都启圣院^⑥，祖宗时每有祈祷，启圣及此塔皆设道场，考之信然。塔西南有小轩，曰木末，其下皆大松，鬐甲夭矫如蛟龙，往往数百年物。木末盖后人取王文公诗"木末北山云冉冉"之句名之^⑦。《建康志》谓公自命此名^⑧，非也。塔后又有定林庵^⑨，旧闻先君言^⑩，李伯时画文公像于庵之昭文斋壁^⑪，着帽束带，神彩如生。文公没，斋常扃闭^⑫，遇重客至^⑬，寺僧开户，客忽见像，皆惊耸，觉生气逼人，写照之妙如此。今庵经火，尺椽无复存者。予乙酉秋尝雨中独来游^⑭，留字壁间，后人移刻崖石，读之感叹，盖已五六年矣。

① 道林真觉大师：即梁代高僧宝志和尚，后人对其多有追封，道林真觉大师是其所受封号之一。

② 太平兴国寺：故址在今南京钟山风景区内，位于今明孝陵附近。

③ 宝公：宝志和尚，梁代高僧，葬于钟山南麓玩珠峰独龙阜，即太平兴国寺之地。

④ 膺：胸部。

⑤ 王文公：王安石卒后谥为文，故后人称之为王文公。

⑥ 东都：北宋首都汴梁（今河南开封）。启圣院：在开封，供奉宋太宗。

⑦ 木末北山云冉冉：王安石《木末》中的诗句，今本作"木末北山烟冉冉"。

⑧《建康志》：指《乾道建康志》。

⑨ 定林庵：即今定林寺，在今南京钟山风景区明孝陵后。

⑩ 先君：作者称自己已故的父亲为先君。

⑪ 李伯时：北宋著名画家，名公麟，字伯时，号龙眠居士，舒州（今安徽安庆）人。昭文斋：定林寺中的一个书斋，王安石曾在此读书。

⑫ 扃闭：关闭。

⑬ 重客：重要客人。

⑭ 乙酉：宋孝宗乾道元年（1165 年）。是年七月，陆游曾游定林寺，并在昭文斋壁上题写："乾道乙酉七月四日，笠泽陆务观冒大雨独游定林。"

归途过半山少留。半山者①，王文公旧宅，所谓报宁禅院也②。自城中上钟山，此为中途，故曰半山，残毁尤甚。寺西有土山，今谓之"培塿"③，亦后人取文公诗所谓"沟西顾丁壮，担土为培塿"名之也④。寺后又有谢安墩⑤，文公诗云在冶城西北⑥，即此是也。

① 半山：半山园，王安石故居，其地距离城中七里，距离钟山亦为七里，由城中至钟山，至此恰为一半行程，故称半山。

② 报宁禅院：即半山园，王安石因病而舍宅为寺，并得皇帝赐额曰"报

宁禅院"。

③培塿：本作"部娄"，出自《左传·襄公二十四年》："部娄无松柏。"意为小土丘。

④沟西顾丁壮，担土为培塿：王安石《示元度（营居半山园作）》诗云："今年钟山南，随分作园囿。凿池搆吾庐，碧水寒可漱。沟西雇丁壮，担土为培塿。"

⑤谢安墩：即谢公墩。王安石写过三首以《谢公墩》为题的诗，其中一首云："我名公字偶相同，我屋公墩在眼中。公去我来墩属我，不应墩姓尚随公。"后世因有所谓王安石与谢安争墩的传说。

⑥冶城西北：一说谢公墩在冶城西北，即今朝天宫西北。

　　九日至保宁、戒坛二寺。保宁有凤凰台、览辉亭①。台有李太白诗云②："三山半落青天外，二水中分白鹭洲。"今已废为大军甲仗库，惟亭因旧趾重筑，亦颇宏壮。寺僧言，亭牓本朱希真隶书③，已为俗子易之矣。法堂后有片石，莹润如黑玉，乃宋子嵩诗④，题云："凤台山亭子陈献司空，乡贡进士宋齐丘。"司空者，徐知诰也⑤，后改姓名曰李昪，是为南唐烈祖，而齐丘为大臣。后又有题字云："昪元三年奉敕刻石。"⑥盖烈祖既有国，追念君臣相遇之始，而表显之。昪、齐丘虽皆不足道，然当攘夺分裂横溃之时，其君臣相遇，不如是亦不能粗成其功业也。

①保宁寺：又名神霄宫，故址在凤凰台，今南京集庆门内瓦官寺和四十三中附近。建炎二年五月，宋高宗到建康，其时未有行宫，曾暂驻跸于此。据《景定建康志》，览辉亭在保宁寺后，凤凰台旧基侧，寺有览辉亭碑，熙宁三年立。

②太白诗：李白此诗题为《登金陵凤凰台》。

③朱希真：即宋代著名词人朱敦儒，字希真，洛阳人。曾任兵部郎中、临安府通判、两浙东路提点刑狱。有词集《樵歌》。

④宋子嵩：即宋齐丘，本字超回，改字子嵩，豫章（今南昌）人，祖居庐陵（今吉安）。受南唐烈祖李昪信任，曾任南唐左丞相。

⑤徐知诰：即南唐王朝创立者、南唐烈祖李昪，彭城（今江苏徐州）人。

原名徐知诰，是南吴大将徐温养子，曾任昇州刺史、润州团练使，后掌握南吴朝政，自立称帝，939年改国号为唐，史称南唐。

⑥ 昇元：南唐烈祖李昇的年号。昇元三年是公元939年。

戒坛额曰崇胜戒坛寺①，古谓之瓦棺寺②，有阁，因冈阜，其高十丈。李太白所谓"钟山对北户，淮水入南荣"者③。又《横江词》"一风三日吹倒山，白浪高于瓦棺阁"是也④。南唐后主时，朝廷遣武人魏丕来使南唐⑤，意其不能文，即宴于是阁，因求赋诗。丕揽笔成篇，末句云："莫教雷雨损基扃。"⑥后主君臣皆失色。及南唐之亡，为吴越兵所焚⑦。国朝承平二百年，金陵为大府，寺观竞以崇饰土木为事，然阁终不能复。绍兴中，有北僧来居，讲《惟识百法论》，誓复兴造，求伟材于江湖间。事垂集者屡矣，会建宫阙，有司往往辄取之，僧不以此动心，愈益经营，卒成卢舍那阁⑧，平地高七丈，雄丽冠于江东。旧阁基相距无百步，今废为军营。

① 戒坛寺：全称崇胜戒坛寺，又称戒坛院，在凤凰台上，保宁寺侧，即古瓦棺寺。

② 瓦棺寺：亦写作瓦官寺，六朝古寺。

③ 钟山对北户，淮水入南荣：李白《登瓦官阁》诗句。

④ 《横江词》：李白诗。瓦官阁：在瓦棺寺，梁代始建，南唐昇元初年，改寺为昇元寺，阁为昇元阁，高十丈。

⑤ 魏丕：魏丕，字齐物，相州人，颇涉学问，好歌诗，颇与士大夫游接，自编有诗集。乾德二年（964年）十月，后主母钟氏去世，十一月，宋太祖派遣作坊副使魏丕吊祭。

⑥ 莫教雷雨损基扃：据新出土的《魏丕墓志铭》，此诗前一句为"珍重远公勤护惜"。

⑦ 吴越兵：宋太祖开宝八年（975年），宋兵联合吴越兵南北夹击，攻灭南唐，吴越兵纵火焚毁昇元阁。

⑧ 卢舍那阁：据《景定建康志》，崇胜戒坛院近昇元阁故基，南宋建卢舍那佛阁，亦高七丈，故其名民间亦称为昇元阁。

秦伯和遣医柴安恭来视家人疾，柴，邢州龙冈人^①。晚，褚诚叔来^②。诚叔尝为福州闽清尉^③，获盗，应格当得京官^④，不忍以人死为己利，辞不就，至今在选调^⑤。又有为他邑尉者，亦获盗，营赏甚力^⑥，卒得京官。将解去，入郡，过刑人处，辄掩目大呼，数日神志方定。后至他郡，见通衢有石幢，问："此何为？"从者曰："法场也。"亦大骇叫呼，几坠车，自此所至皆迁道，以避刑人之地。人之不可有愧于心如此。移舟泊赏心亭下。秦伯和送药。

十日早，出建康城，至石头，得便风，张帆而行。

① 邢州龙冈：今河北邢台。

② 褚诚叔：即上文提到的褚意。

③ 闽清：今福建闽清。

④ 应格：符合资格。

⑤ 选调：等待选拔任命。

⑥ 营：钻营、追求。

吴船录（选段）

[宋] 范成大

【题解】《吴船录》二卷是南宋著名诗人范成大撰写的一部以游记为内容的笔记体著作。宋孝宗淳熙四年（1177年），范成大离开四川制置使任上，应召到首都临安述职。他五月戊辰从成都出发，沿长江东下，十月到达临安城。《吴船录》逐日记录其行程，对沿途经过的每个地方，包括当地的古迹形胜、人情地理，都有具体详悉的记述。范成大在建康停留了六天，主要考察了城中赏心亭、玉麟堂、伏龟楼、清溪阁以及六合长芦寺等地，对诸地的形胜风景、道路交通情况，都有生动的描绘，文字优美，不仅有文学价值，也对认识南宋陪都南京具有史料价值。

（九月）辛亥①，发太平州②。壬子③，至建康府，泊赏心亭下④。癸丑⑤，集玉麟堂⑥。

① 辛亥：据干支推算，当淳熙四年九月十五。

② 太平州：州治在今安徽当涂。

③ 壬子：九月十六，

④ 赏心亭：在水西门附近城上，下临秦淮，可尽观览之胜，北宋丁谓建，景定元年马光祖重建。

⑤ 癸丑：九月十七。

⑥ 玉麟堂：在南宋江宁府治内，绍兴十五年晁谦之建，吴说书匾额。

甲寅、乙卯①，泊建康。从留守枢密建安刘公行视新修外城②。自赏心亭渡南岸，由旧二水亭基登小舆③，转至伏龟楼基④，徘徊四望。金陵山本止三面⑤，至此则形势回互⑥，江南诸山与淮山团栾应接⑦，无复空阙。唐人诗所谓"山围故国周遭在"者⑧，惟此处所见为然。凡游金陵者，若不至伏龟，则如未始游焉。一城之势，此地最高，如龟昂首状。楼之外，即是坡垅绵延⑨，无濠堑⑩，自古为受敌处。相传曹彬取李煜⑪，自此入也。

①甲寅、乙卯：九月十八、十九。

②留守枢密建安刘公：刘珙（1122~1178年），字共父，崇安（今福建崇安）人。登进士乙科。淳熙二年三月至五年十月，以资政殿大学士、同知枢密院事，任知建康府、江东安抚使、建康行宫留守。

③二水亭：亭名，出自李白《登金陵凤凰台》："三山半落青天外，二水中分白鹭洲。"《景定建康志》卷二十二："二水亭在下水门城上，下临秦淮，西面大江，北与赏心亭相对。岁月寖久，旧址仅存。乾道五年秋，留守史公正志因修筑城壁，重建，自为记。"

④伏龟楼：南唐时所建，用于军事瞭望守备，兼可登高望远。南宋已只存基址，可能在今武定门与雨花门之间城墙东南内侧。

⑤止三面：南京北、东、南三面为山环绕。

⑥回互：曲折宛转。

⑦团栾：环绕的样子。

⑧山围故国周遭在：唐刘禹锡《金陵五题·石头城》："山围故国周遭在，潮打空城寂寞回。淮水东边旧时月，夜深还过女墙来。"

⑨坡垅：丘陵田野。

⑩濠堑：濠沟。

⑪曹彬取李煜：开宝八年（975年），曹彬率大军攻破南唐首都江宁城，俘南唐后主李煜，灭南唐。

行城十之九，乃下。登舟至清溪阁，南朝诸人为游息处，比年修治为阁③。及小圃旁，有空地，可种植。隶漕司④，不可得。自清溪泛舟，还集玉麟。

①比年：近年。

②漕司：也称转运司，主管地方财赋与转运。

丙辰①，发建康。丁巳②，泊长芦③。襆被宿寺中④。此为菩提达磨一苇浮渡处⑤。寺在沙洲之上，甚雄杰。江波淙啮⑥，行且及门。寺前旧有居人，今皆荡去。岸下不可泊舟，移在五里所一港中⑦。寺有一苇堂⑧，以祠达磨^⑨。

① 丙辰：九月二十日。

② 丁巳：九月二十一日。

③ 长芦：长芦寺，在今南京六合区。

④ 襆（fú 服）被：指用包袱裹束衣被，亦即铺盖卷。

⑤ 菩提达磨一苇浮渡处：即传说中的达摩"一苇渡江"。达磨，亦作达摩。

⑥ 淙：波浪。啮：咬。这里比喻侵蚀。

⑦ 所：大约。

⑧ 一苇堂：为纪念达摩一苇渡江而建的殿堂。

⑨ 祠：祭祀。

戊午^①，开启法会庆圣节道场^②。毕，登舟。己未^③，至镇江府。

① 戊午：九月二十二日。

② 圣节：为皇帝生日而设定的节日。

③ 己未：九月二十三日。

《景定建康志》序

［宋］马光祖

【题解】马光祖（1200~1273年），字华父，赐号裕斋，封金华郡公，谥号庄敏。婺州金华（今浙江金华）人。宝庆二年（1226年）进士。后历任沿江制置使、江东转运使、知临安府（今杭州），咸淳三年（1267年）拜参知政事，咸淳五年（1269年）升授为知枢密院事。马光祖一生曾三次知建康府（今南京），对南宋后期建康城的建设贡献甚大。景定二年（1261年），在其任内编纂完成的《景定建康志》，是现存最早的一部南京地方志。这部地方志由周应合主修，规模宏大，结构合理，材料丰富，文献价值高。马光祖作此序，介绍了此书的编纂缘起、结构框架及其内容大要。

郡有志，即成周职方氏之所掌①，岂徒辨其山林、川泽、都鄙之名物而已②。天时验于岁月灾祥之书③，地利明于形势险要之设，人文著于衣冠礼乐风俗之臧否④。忠孝节义，表人材也⑤；版籍登耗⑥，考民力也；甲兵坚瑕⑦，讨军实也；政教修废，察吏治也；古今是非、得失之迹，垂劝鉴也⑧。夫如是，然后有补于世。郡皆然，况陪都乎⑨！

① 成周：原指西周的东都洛阳，后指周朝的兴盛之世。职方氏：周代所设官名，掌管天下地图与四方职贡。
② 辨其山林川泽都鄙之名物：此语出自《周礼·夏官·职方氏》："职方氏掌天下之图，以掌天下之地，辨其邦国、都鄙、四夷、八蛮、七闽、九貉、五戎、六狄之人民与其财用、九谷、六畜之数要，周知其利害。"
③ 灾祥：灾异和祥瑞。
④ 臧否：褒贬，评论。
⑤ 表：表彰。
⑥ 版籍：户口赋税方面的簿册。登耗：收支增减。
⑦ 甲兵：铠甲和兵器，泛指武器装备。坚瑕：质量优劣。

⑧ 劝：鼓励。鉴：鉴戒。

⑨ 陪都：建康是南宋王朝的陪都。

昔忠定李公尝言①：天下形胜，关中为上，建康次之②。自楚秦以来，皆言王气所在③。句践城之④，六朝都之⑤，隋唐而后为州⑥，为府，为节镇，为行台，五季僭伪睍消⑦，实开吾宋混一之基。南渡中兴，此为根本。章往考来，图志宜详于他郡，而乾道有旧志⑧，庆元有续志⑨，皆略而未备，观者病之。庆元迄今逾六十年，未有续此笔者。宝祐丁巳⑩，光祖蒙恩来司留钥⑪，因阅前志，编摩在念⑫，一年而勤民，二年而整军，三年而易阃荆州⑬，未暇也。己未重来⑭，汲汲守御⑮，补尺籍⑯，治战舰，备器械，固城池，日不暇给。未几鼓枻惊涛，风餐露驰于舒、蕲、江、黄之间⑰，往复无虑数四⑱。元勋振旅⑲，长江肃清，光祖始得以休于郡，兴滞补弊之余，爰及斯文。

① 忠定李公：指李纲，两宋之际抗金名臣。宋高宗初年曾一度拜相，卒谥忠定。其生平详见本书《车驾巡幸建康起居表》题解。

② 天下形胜以下三句：据《景定建康志》卷一载建炎元年尚书右仆射兼中书侍郎臣李纲言于高宗皇帝曰："天下形胜，关中为上，建康次之。宜以长安为西都，建康为东都，各命守臣葺城池，治宫室，积糗粮以备临幸，则天下之势安矣。"

③ 王气所在：战国楚国时，传说建康之地有王气，故埋金以厌之，故称金陵邑。秦始皇时，亦传说此地有王气，故有掘秦淮河以泄王气之说。

④ 句践城之：越王句践在南京筑城，称为越城，故址在今中华门南秦淮河岸边。

⑤ 六朝都之：东吴、东晋、宋、齐、梁、陈六个朝代建都建康。

⑥ 隋唐而后为州：隋在南京设蒋州，唐设昇州。

⑦ 睍（xiàn 现）消：消散。

⑧ 乾道有旧志：指史正志于乾道五年（1169 年）修撰而成的《乾道建康志》，十卷。

⑨ 庆元有续志：指宋宁宗庆元（1195~1200 年）年间修撰而成的《庆

元建康志》，其佚文见于《景定建康志》引录。

⑩ 宝祐丁巳：宋理宗宝祐五年（1257 年）。

⑪ 来司留钥：任陪都留守。

⑫ 编摩：编集。

⑬ 易阃荆州：改换执掌荆州兵权。

⑭ 己未：宋理宗开庆元年（1259 年）。

⑮ 汲汲：急切勤勉的样子。

⑯ 尺籍：书写军令、军功等的簿籍。

⑰ 舒、蕲、江、黄：舒州（今安徽省安庆市）、蕲州（今湖北省蕲春县）、江州（今江西省九江市）、黄州（今湖北黄冈市）。

⑱ 数四：三四次。

⑲ 振旅：整队班师。

有幕客周君应合①，博物洽闻②，学力充赡，旧尝为《江陵志》③，纪载有法，乃以是属之④。开书局于郡圃之钟山阁下⑤，相与研古订今，定凡例而裒篇帙⑥。先为《留都录》四卷⑦，隆炎创兴之盛⑧，宫城建置之详，与夫云汉昭回之章⑨，皆备录焉，揭为一书之冠冕。其次为《地理图》，为《侯牧表》⑩，为志，为传，合为五十卷。表起周元王四年越城长干之时⑪，以至于今，千七百载，年经类纬⑫，曰时，曰地，曰人，曰事，类之所由分也。志凡十：一曰疆域，二曰山川，三曰城阙，四曰官守，五曰儒学，六曰文籍，七曰武卫，八曰田赋，九曰风土，十曰祠祀。传凡十：一曰正学，二曰孝弟⑬，三曰节义，四曰忠勋，五曰直臣，六曰治行，七曰耆旧，八曰隐德⑭，九曰儒雅，十曰贞女，大略备矣。始于三月甲子，成于七月甲子，献之天子⑮，玉音嘉焉，用不敢閟⑯，传之无穷。补其阙遗，续其方来⑰，则有望于后之君子。景定辛酉良月初吉⑱，观文殿学士、光禄大夫、沿江制置大使、知建康军府事兼管内劝农营田使、江南东路安抚使、马步军都总管、行宫留守、节制和州无为军安庆府三郡屯田使、暂兼淮西总领、金华郡开国公、食邑三千户、食实封六百户马光祖书。

① 周应合：周应合，原名弥垢，字淳叟，自号溪园先生。江西武宁人。

南宋淳祐十年（1250年）进士，曾任江陵府教授、主持撰《江陵志》。景定年间调江东路安抚使司任职，兼明道书院院长。建康知府马光祖修《建康志》，聘周为总纂，参考乾道、庆元两种《建康志》旧本，加以补充和修正。取两书之长，并有所创新，另立纲目，贡献甚大。

②博物洽闻：博闻多识。

③尝为《江陵志》：周应合在江陵府教授任上时，曾修撰《江陵志》。

④是：指修撰《景定建康志》之事。

⑤郡圃：古代州府衙署的园林。

⑥裒（póu掊）：收聚。

⑦《留都录》：南宋建康府升为留都，故卷首编为《留都录》。

⑧隆炎：北宋太宗建隆（960~963年）、高宗建炎（1127~1130年）。《景定建康志》卷二收建隆以来诏令，卷三收建炎以来诏令。

⑨云汉昭回之章：天上的华章，特指皇帝御作诗文。语出《诗经·大雅·云汉》："倬彼云汉，昭回于天。"《景定建康志》卷四收御制、御书。

⑩侯牧：地方长官。

⑪周元王四年：公元前472年。越城长干：越国筑城于长干，即越城，在中华门南秦淮河边。

⑫年经类纬：以年代为经，以分类为纬。

⑬孝弟：同"孝悌"。

⑭隐德：即隐士。

⑮献之天子：《景定建康志》卷首载有马光祖《进建康志表》，署"景定二年八月日"。

⑯閟：隐秘。

⑰方来：将来。

⑱景定辛酉：景定二年（1261年）。良月：十月。

元明清篇

游钟山记

[元] 胡炳文

【题解】胡炳文（1250~1333 年），字仲虎，婺源（今属江西）人。元代学者，一生致力于弘扬程朱理学，曾主讲信州道一书院、婺源明经书院，着有《四书通》《易本义通释》等，学者称云峰先生。本文详细记述了游历钟山的行程，从明道先生祠出发，经过半山寺、宝公塔，到八功德泉、七佛庵，再回到明道先生祠，文笔雅洁，有条不紊，不仅再现了元代钟山一带的名胜遗迹，而且在最后特别向曾担任上元县主簿、人称明道先生的宋代理学家程颢致敬。

江以南形胜，无如昇①，钟山又昇最胜处。予至昇，首过上元②，谒明道先生祠③，礼毕，即度关游山。夹路松阴亘八九里，清风时来，寒涛吼空，斯须寂然如故。路左入半山④，先是谢太傅园池⑤，荆公宅之⑥，捐为寺，至今祠公与传法沙门等。

①昇：昇州，南京古名。

②上元：元代南京属集庆路，治所在上元县（今南京城区北部），下辖上元、江宁等县。

③明道先生祠：祭祀宋代理学家程颢（学者称为明道先生）的祠庙。程颢曾在上元县当过主簿。

④半山：半山园，官至宰相的北宋文学家王安石的故居，在今南京城东中山门内。

⑤谢公：东晋名相谢安，相传半山园原是谢安的园池，附近有谢公墩等遗迹。

⑥荆公：王安石曾被封为荆国公，故世人称之为荆公。

出行三四里①，又入一寺，弘丽视半山百倍，龛镂壁绘，光彩夺日，诡状万千。两庑级石而升②四五十丈，始至宝公塔③。塔边有轩，名木末④，履舄之下⑤，天籁徐鸣，浮岚暖翠⑥，可俯而挹⑦。下有羲之墨池⑧，投以小石，远闻声出丛苇间。其径荒芜，游客罕至，独拜塔者累累不绝。长老云："宝公巢生⑨，里人朱氏取而子之⑩，后成佛，凡祷水旱疾疫如响"，语多不经。由塔后循山而左，过安石读书所⑪，山石崛垒，忽敞平原，修篁老桧⑫，万绿相扶，风鸣交加，犹作当时唔咿声⑬。

① 传法沙门：当是半山报宁禅寺的僧人。

② 两庑：两边的廊房。

③ 宝公塔：为纪念南朝著名高僧宝志而建立的塔，其故址在玩珠峰独龙阜，约在今明孝陵之地。

④ 木末轩，据明代宋濂《游钟山记》，木末轩在宝公塔之东，王安石所命名。

⑤ 履舄（xì系）：鞋的总称。履舄之下就是脚下的意思。

⑥ 暖（nuǎn暖），同"暖"。

⑦ 挹（yì义）：汲取。

⑧ 羲之：东晋著名书法家王羲之。墨池：亦称王羲之洗砚池，在钟山定林寺附近。宋人杨万里《游定林寺即荆公读书处》诗云："半破僧庵半补篱，旧题无复壁间诗。只余手植双桐在，此外仍兼洗砚池。"

⑨ 巢生：出生在巢穴里。

⑩ 里人朱氏：一位姓朱的同村人。

⑪ 安石读书所：在钟山定林寺（下定林寺），见前引杨万里《游定林寺即荆公读书处》诗。

⑫ 篁：竹子。

⑬ 唔咿（wù yī 勿伊）：读书的声音。

又行数里，休于观音亭。其旁八功德泉①，有声锵然，汩汩至亭下②，则困然以涵③。或谓病者饮此立瘳④，众相饮，予以无疾不饮。遂回塔后，攀松升磴⑤，六七里至山椒⑥。巨石人立，予登石以坐，凤台、鹭洲⑦，渺不知在何许，但觉缭白萦青，隐见烟雾间，城中数万家楼阁如画，其间旷无人处，六朝故宫也。北视扬子江头，一舟如叶，行移时不能咫，浪楫风帆，想数十里遥。蟠龙踞虎⑧，亘以长江，其险也如此，黄旗紫盖⑨，有时而终，令人凄然久之。

①八功德泉：在今钟山灵谷寺后，相传此泉水有八种功效：一清，二冷，三香，四柔，五甘，六净，七不噎，八蠲疴，故而得名。

②汩汩（gǔ古）：水流的样子。

③囦（yuān渊）：同"渊"，水打旋的样子。

④瘳（chōu抽）：病愈。

⑤磴（dèng邓）：石阶。

⑥山椒：山顶。

⑦凤台：凤凰台，在今集庆门内。鹭洲：白鹭洲，故址在今上新河一带。

⑧蟠龙踞虎：古来形容南京的形胜，有"钟山龙蟠，石城虎踞"的说法。

⑨黄旗紫盖：黄色旌旗、紫色车盖，都是天子的制度。这是代指南京的"王气"。三国时，吴地相传有"黄旗紫盖，运在东南"有说法。

下山至七佛庵，白云凄润，嚣壒不来①，一僧嘘石炉灰点茶②，须眉如雪；一僧蓬跣岸边，拾松子以归，语客质木，绝不与前寺僧类。闻其下有猛公庵、子文庙③，山水稍奇丽，率为事神，若佛者家焉。欲访猿鹤山堂④，莫得其处，遂朗吟小山《招隐》⑤，循故道，御天风而下，两袂如飞。

①壒（ài爱）：尘埃。

②嘘：吹。点茶：宋元时人泡茶的方法，先将饼茶碾碎，置碗中待用，然后以釜烧水，微沸初漾时即冲点碗中的茶。.

③猛公庵：猛公是南朝时一高僧名。子文庙：祭祀蒋子文的庙。蒋子文是汉末秣陵尉，因逐盗而死，自三国起，历代都在南京立庙祭祀之，并封其为蒋侯、蒋王乃至蒋帝。

④猿鹤山堂：当即南齐孔稚珪《北山移文》中所谓钟山草堂，《北山移文》写到"蕙帐空兮夜鹤怨，山人去兮晓猿惊"。王安石《松间》："偶向松间觅旧题，野人休诵北山移。丈夫出处非无意，猿鹤从来自不知。"

⑤ 小山《招隐》:《楚辞》有淮南小山的《招隐士》。

亟入关,复至明道精舍,少憩而归。因喈喈曰①:"昇自紫髯翁以来②,几兴衰矣,眼前花草,无复当时光景。伯子春风③,千年犹将见之,至若熙宁相业④,非不焯焯然炫人耳目⑤,迄不如主上元簿者⑥复祠于学,何哉?

① 喈喈(jiè 借):感叹的声音。
② 紫髯翁:东吴大帝孙权,相传其碧睛紫髯。
③ 伯子:程颢,字伯淳,世人称为程伯子。
④ 熙宁相业:王安石在宋神宗熙宁年间拜相,主持改革。
⑤ 焯焯然:非常显著突出的样子。
⑥ 主上元簿:担任上元县主簿,这里指程颢。

阅江楼记

[明] 宋 濂

【题解】宋濂（1310~1381年），字景濂，浦江县（浙江金华市）人，明初文学家。元末，元顺帝曾召他为翰林院编修，他以奉养父母为由，辞不应召。至正二十年（1360年），受朱元璋礼聘。洪武初主修《元史》，官至学士承旨知制诰。后因牵涉胡惟庸案，谪茂州，中途病死。本文选自其《宋文宪公全集》卷七。朱元璋定都南京后，下诏于南京狮子山顶修建阅江楼。宋濂奉旨撰写此记。此应制之作颇具特色，不免以颂圣为主，然而文章颇有明代开国气势，其后更因入选《古文观止》而传闻遐迩。出人意料的是，直到2001年，阅江楼才告建成，结束了六百年来有记无楼的历史。

金陵为帝王之州①。自六朝迄于南唐，类皆偏据一方，无以应山川之王气。逮我皇帝，定鼎于兹②，始足以当之。由是声教所暨③，罔间朔南④；存神穆清，与天同体。虽一豫一游⑤，亦可为天下后世法。京城之西北有狮子山⑥，自卢龙蜿蜒而来⑦。长江如虹贯，蟠绕其下。上以其地雄胜，诏建楼于巅，与民同游观之乐，遂锡嘉名为"阅江"云⑧。

①金陵为帝王之州：语出南齐谢朓《入朝曲》："江南佳丽地，金陵帝王州。"

②我皇帝：指明太祖朱元璋。定鼎：相传大禹铸九鼎，以象九州，夏商周三代皆以鼎为国家权力之重要象征，后人因以定鼎指新朝定都建国。

③暨：到达。

④罔间朔南：不分南北。朔：北方。

⑤一豫一游：指帝王巡游。《孟子·梁惠王下》："夏谚曰：吾王不游，吾何以休；吾王不豫，吾何以助。"豫，义同"游"。《晏子春秋·内篇·问下》："春省耕而补不足者谓之游，秋省实而助不给者谓之豫。"

⑥ 狮子山：在南京城西北，控扼大江，是南京城西北的重要军事屏障，为兵家必争之地。因其形似狻猊，而得名。

⑦ 卢龙：卢龙山，在今江苏南京城西北。

⑧ 锡：赐。

登览之顷，万象森列，千载之秘，一旦轩露①。岂非天造地设，以俟大一统之君，而开千万世之伟观者欤？当风日清美，法驾幸临②，升其崇椒③，凭阑遥瞩，必悠然而动遐思。见江汉之朝宗④，诸侯之述职，城池之高深，关阨之严固⑤，必曰："此朕沐风栉雨、战胜攻取之所致也⑥。中夏之广⑦，益思有以保之"。见波涛之浩荡，风帆之上下，番舶接迹而来庭⑧，蛮琛联肩而入贡⑨，必曰："此朕德绥威服⑩，覃及外内之所及也⑪。四陲之远⑫，益思所以柔之"。见两岸之间、四郊之上，耕人有炙肤皲足之烦⑬，农女有捋桑行馌之勤⑭，必曰："此朕拔诸水火、而登于衽席者也⑮。万方之民，益思有以安之"。触类而思，不一而足。

① 轩露：显露。

② 法驾：皇帝的车驾。

③ 升：登上。崇椒：高高的顶。

④ 江汉之朝宗：《尚书·禹贡》："江汉朝宗于海。"意谓江汉等大江大河最终都流归大海，这里指长江东流入海。

⑤ 关阨：关隘。

⑥ 沐风栉（zhì 至）雨：即"栉风沐雨"。本义是风梳发，雨洗头，形容风雨无阻辛劳奔波。

⑦ 中夏：中国、华夏。

⑧ 番舶：外国的商船。

⑨ 琛：珍宝。

⑩ 德绥：靠德行来安抚。

⑪ 覃及：延伸到、扩展到。

⑫ 四陲：四方边境，边疆。

⑬ 炙肤皲足：皮肤受（烈日）灼烤，双脚被冻裂。

⑭ 捋桑：采桑叶。行馌（yè 业）：为田里耕作的农夫送饭。

⑮ 衽席：睡卧的席子。这句是说救民于水深火热之中，使他们可以安居乐业。

　　臣知斯楼之建，皇上所以发舒精神，因物兴感，无不寓其致治之思，奚此阅夫长江而已哉？彼临春、结绮①，非弗华矣；齐云、落星②，非不高矣。不过乐管弦之淫响，藏燕赵之艳姬。一旋踵间而感慨系之，臣不知其为何说也。虽然，长江发源岷山，委蛇七千余里而始入海③，白涌碧翻，六朝之时，往往倚之为天堑；今则南北一家，视为安流，无所事乎战争矣。然则，果谁之力欤？逢掖之士④，有登斯楼而阅斯江者，当思帝德如天，荡荡难名⑤，与神禹疏凿之功同一罔极⑥。忠君报上之心，其有不油然而兴者耶？

　　① 结绮、临春：南朝末代皇帝陈后主所建的结绮阁、临春阁，陈后主与其爱妃张贵妃等居其中，生活骄奢淫逸。

　　② 齐云、落星：齐云观是南朝陈后主所建，取义于古诗"西北有高楼，上与浮云齐"，故址在古台城之内。宋人马之纯有诗咏之曰："高高真是与云齐，直到青霄不用梯。三阁连延须在下，层城突兀亦居低。俯看落雨自天半，平视流星从屋西。好是嫔嫱游翠辇，却如仙子驾青霓。"落星楼为三国吴大帝孙权所建，故址在今江苏南京市东北。本文此诸句出自北宋王禹偁《黄州新建小竹楼记》："彼齐云、落星，高则高矣；井干、丽谯，华则华矣，止于贮妓女，藏歌舞，非骚人之事，吾所不取。"

　　③ 委蛇：逶迤，蜿蜒曲折。

　　④ 逢掖：古代读书人所穿的一种袖子宽大的衣服。代指儒生、士人。

　　⑤ 荡荡难名：功德之大，语言无法表述。语出《论语.泰伯》："巍巍乎！唯天为大，唯尧则之。荡荡乎！民无能名焉。"

　　⑥ 神禹疏凿：大禹治水。罔极：无极。

　　臣不敏，奉旨撰记，欲上推宵旰图治之切者①，勒诸贞珉②。他若留连光景之辞，皆略而不陈，惧亵也③。

① 宵旰（gàn 赣）：即"宵衣旰食"，意为起早贪黑，勤于政务。

② 勒：刻。贞珉：碑石。

③ 褒：褒渎。

游燕子矶记

[明] 宗 臣

【题解】宗臣（1525～1560年），字子相，号方城山人，江苏兴化人。著名明代文学家。嘉靖二十九年（1550年）进士，由刑部主事调吏部，以病归，筑室百花洲上，读书其中，后历吏部稽勋员外郎，以忤怒严嵩，出为福建参议，以御倭寇功升福建提学副使，卒官。其诗文主张复古，与李攀龙等齐名，为明代"后七子"之一。有《宗子相集》。此文作于嘉靖三十六年（1557年）。作者到南京省亲，巧遇发小沈润甫，遂与之同游燕子矶。文中写游程中所遇景色与人物，有形象，有故事，更保存了有关明代中期燕子矶名胜景况的实录。其文笔则摹拟韩柳，颇存古意。

余读金陵诸纪①，其东北盖有燕子矶云②。今年丁巳③，家君入为南比部郎④，余出参闽省⑤，道金陵展谒⑥。太医沈君润甫来⑦，家君馆之邸中⑧，因谈佳山水，亟道兹矶⑨。家君曰："沈君有意哉，儿其从焉。"则以明日并舆而北，盖二十里至观音门⑩。门者列戟已出，稍北，道市桥，又折而西，登清江道院⑪，少憩，院人启汉寿亭侯祠⑫。由右扉入，至水云亭。亭揭"天空海阔"⑬，盖前尚书湛公笔云已⑭。前俯栏，则长江浸牖矣⑮。又北登祠谒侯，裴回叹曰⑯："此地非此君谁当哉！"稍北，则所谓燕子矶者在焉。

① 金陵诸纪：指各种有关南京的史地或方志记录。

② 燕子矶：在南京城东北，濒临南京，其形若燕子，地势险要。

③ 丁巳：嘉靖三十六年（1557年），岁在丁巳，宗臣时年33岁。

④ 南比部郎：南都的比部郎。明成祖朱棣迁都北京以后，仍以南京为南都，置六部。比部郎：刑部郎官。明清时代亦称刑部为比部。

⑤ 出参闽省：宗臣原任京官，其时因为忤怒严嵩，被外贬为福建参议。

⑥ 道：顺道。宗臣由吏赴闽，路过金陵（南京）。

⑦ 太医：为皇帝、宫廷或高级官员服务的医生。沈润甫：据本文记载，

沈润甫名沈露，是宗臣的发小，当亦是江苏兴化人，其身份为太医。

⑧ 觞：本义是酒器，这里指劝酒、用酒招待。

⑨ 亟：屡次。

⑩ 观音门：南京明城墙外郭城的十八座城门之一，位于城北燕子矶附近观音山山谷之间，形势险要。今已不存。

⑪ 清江道院：道观，在燕子矶附近。明代皇甫汸有诗《登燕矶后仍过清江道院答蔡子》。

⑫ 汉寿亭侯祠：祭祀汉寿亭侯（关公）的祠，在清江道院内。

⑬ 揭：悬挂（匾额）。

⑭ 尚书湛公：湛若水，广东增城人，明代理学家，曾任南京吏部、礼部、兵部尚书。

⑮ 牖（yǒu 有）：窗户。

⑯ 裴回：同"徘徊"。

矶上有亭，更上又有亭，揭曰"俯江"，亭中群竖裸卧①，内风，恶之，辄走。与沈君解衣坐矶上。是日西风稍稍微矣，白云扫空，万里一碧。西眺荆楚②，东望海门，苍茫哉，把酒临流，相顾太息③。时有破履黄冠者④，突过矶下，因呼讯焉。对数语，稍解，命坐酒之，因言大丹之药，唯人元、地元、天元⑤，外是者悉荆榛邪乱也。余曰："三者同乎？"曰："得人得地，得地得天。何以得之？曰师；何以遇之？曰分。非分非师，何言仙乎？"余大怪其语，曰："嗟乎！斯何异陆生谭哉⑥！"盖长庚与余谭，未尝不叹息斯旨也。又酒之，遗以笭核⑦，投之囊，长揖而去。

① 竖：竖子，小人。
② 荆楚：湖北，代指长江中上游。
③ 太息：叹息。
④ 黄冠：指道士。
⑤ 人元、地元、天元：道教丹法中有所谓"三元"的说法，即天元、地元、人元。天元谓之神丹，地元谓之灵丹，人元谓之大丹。
⑥ 陆生：陆西星，字长庚，号潜虚子，又号方壶外史，江苏兴化人，

明代道教内丹派东派的创始人。

　　⑦遗（wèi味）：赠送。

　　沈君曰："公误矣。天下岂有仙人哉！唯啬气蓄精①，逍遥林壑，洒翰赋诗，围棋赌墅，斯翩翩至乐已。公见夫驾云乘龙者，何人哉？"余因仰天叹曰："仙乎！仙乎！吾将舍女②？且即女乎？"侍者进餐，已餐，各披衣起，由水云亭出祠下。稍南至河，舟子操艇渡之。既入洞，狭峻，沿江至弘济寺③。寺凡三门，后益峻。最后大宫，面江背山，盖即所谓观音山云。稍南有亭，盖悬江而构，下临不测，仰睇其背，则绝壁万仞，势若倒垂。人过其下，动魄惊骨，斯天下之伟观也。

　　①啬气：爱惜、保养元气。

　　②女：同"汝"，你。

　　③弘济寺：距燕子矶不到半里，始建于明洪武初年，僧人久远建观音阁于此。明正统初年，因阁建寺。明英宗朱祁镇赐名"弘济"。清代避乾隆帝讳，改名永济寺，故清代金陵四十八景有"永济江流"。

　　是日秋气苦人，复憩大宫①。宫峻深，暑气稍解，各困，则征簟枕于僧②。僧贫，仅具二枕，无簟。堂故有席，盖待客谒者。余命侍子倒屏施席，沈君则展大帨卧焉③。既苏，沈君求沐僧室④，还，叹曰："贫甚，贫甚。"诘僧几，曰："十二。""何业？"曰："有田二十亩，共之且税，且苦庸调。"⑤余叹曰："向者羡僧，今乃若是。"伤已，又开酌。舆人告："暮⑥，公等且休矣。"于是披衣，沿洞出。

　　①憩：休息。

　　②征：询问（求借）。簟：竹席。

　　③帨（shuì税）：佩巾。

　　④沐：洗浴。

　　⑤庸调：赋税。

　　⑥舆人：车夫。

　　既登舆，问曰："梅花水安在^①？"曰："越此五里，暮，难至矣。"征其状，曰："有池，有亭。""有梅花乎？"曰："无之。"余顾沈君笑曰："梅哉！梅哉！何取于水也。"

　　① 梅花水：据《江南通志》，观音门内寺崇化寺，与嘉善寺相连，明正统间重建赐额。崖下有泉沸起，水面若散花，被称为"梅花水"。

　　既入城，余留沈君家君邸中，不可，遂别去。太医名露，与余鬌好^①，又世媾姻^②。其人深沉，好读书，精岐黄^③，己又工书，工诗，时以韩驾部召问疾^④，漫游白下^⑤。

　　① 鬌好：即今所谓"发小"。
　　② 媾姻：联姻。
　　③ 岐黄：医术。
　　④ 驾部：驾部掌管卤簿、仪仗、驿传、厩牧等事。此当指设在南京的南驾部。
　　⑤ 白下：南京古称白下。

三游乌龙潭记

〔明〕谭元春

【题解】谭元春（1586~1637年），湖广竟陵（今湖北天门市）人，字友夏。明代文学家，与同里钟惺同为"竟陵派"创始人。创作主张抒发性灵，反对摹古，提倡幽深孤峭的风格，有时亦流于僻奥冷涩，有《谭友夏合集》。乌龙潭在南京城西，清凉山以南，谭元春曾多次游历。这篇游记选自《谭友夏合集》卷十一。文章描述作者与好友第三次游乌龙潭的经历，开头先粗略勾画前两次游乌龙潭所见，接着写山林与潭水相接之景，继而写夕阳晚霞和月色清辉之境，颇能体现其所倡导的幽深孤峭的美学趣味。文中所写乌龙潭秋日晴和、多姿多彩之美，与其《再游乌龙潭记》中所写乌龙潭风雨大作雷电交加的景象，恰好形成鲜明的对照。

予初游潭上，自旱西门左行城阴下①，芦苇成洲，隙中露潭影。七夕再来，又见城端柳穷为竹，竹穷皆芦，芦青青达于园林。后五日，献孺招焉②。止生坐森阁未归③，潘子景升、钟子伯敬由芦洲来④，予与林氏兄弟由华林园、谢公墩取微径南来⑤，皆会于潭上。潭上者有灵应，观之。

①旱西门：南京城门名，又称"汉西门"，介于南边的水西门与北边的清凉门之间。

②献孺：宋献，字献孺，谭元春之友，工书法。

③止生：茅元仪，字止生，浙江吴兴人。森阁是茅元仪所建，在乌龙潭附近。

④潘子景升：潘之恒，字景升，安徽歙县人，侨寓南京。伯敬：钟惺，字伯敬，谭元春同乡，竟陵派的创始人。二人皆是谭元春友人。

⑤华林园：六朝宫廷园林，故址在今鸡鸣寺以东，南京市委、市政府大院一带。谢公墩：原为晋谢安园池，一说邻近钟山和半山园，一说临近朝天宫。此指后者。

冈合陂陀①，木杪之水坠于潭②。清凉一带③，丛灌其后，与潭边人家檐溜沟勺入浚潭中④，冬夏一深。阁去潭虽三丈余，若在潭中立；筏行潭无所不之，反若往水轩。潭以北，莲叶未败，方作秋香气，令筏先就之。又爱隔岸林木，有朱垣点深翠中⑤，令筏泊之。初上蒙翳⑥，忽复得路，登磴至冈。冈外野畴方塘⑦，远湖近圃。宋子指谓予曰⑧："此中深可住。若冈下结庐，辟一上山径，频空杳之潭⑨，收前后之绿，天下升平⑩，老此无憾矣！"已而茅子至，又以告茅子。

① 陂陀：倾斜。
② 木杪（miǎo 秒）：树梢。
③ 清凉：清凉山。
④ 浚：深。
⑤ 垣：墙。
⑥ 蒙翳：草木覆盖。
⑦ 畴：田野。
⑧ 宋子：宋献。
⑨ 频（fǔ 府）：同"俯"。低头。
⑩ 升平：太平。

是时残阳接月，晚霞四起，朱光下射，水地霞天。始犹红洲边，已而潭左方红，已而红在莲叶下起，已而尽潭皆赪①。明霞作底，五色忽复杂之。下冈寻筏，月已待我半潭。乃回篙泊新亭柳下，看月浮波际，金光数十道，如七夕电影②，柳丝垂垂拜月。无论明宵，诸君试思前番风雨乎？相与上阁，周望不去。适有灯起荟蔚中③，殊可爱。或曰："此渔灯也。"

① 赪（chēng 称）：红色。
② 七夕电影：指作者第二次游乌龙潭时所遇雷电光影的情形。
③ 荟蔚：茂密的草树。

陶庵梦忆（三篇）

〔明〕张 岱

【题解】张岱（1597~1679年），字宗子，又字石公，号陶庵、天孙，山阴（今浙江绍兴）人。寓居杭州。出生仕宦世家，少为富贵公子，好山水茶艺，晓音乐戏曲，精诗文史学，明亡后不仕，入山著书以终。著有《琅嬛文集》《陶庵梦忆》《西湖梦寻》《夜航船》等文学名著。《陶庵梦忆》是张岱散文代表作之一，也是张岱传世作品中最著名的一部。该书成于明亡（1644年）之后，其中所记大多是作者亲身经历过的人事，充满了对世事沧桑的感喟，对前朝难以忘怀的系念，其中有不少篇目是关于明代南都名胜古迹和人事的记叙和回忆。下面所选的三篇，前两篇着重于名胜古迹，《钟山》叙述明孝陵祭礼，《报恩塔》记此塔兴建经过及建成以后的盛况，委曲详细。后一篇着重在人事，用笔看似散淡，实则处处可以体会到其中寄寓的故国之思。

钟 山

钟山上有云气①，浮浮冉冉，红紫间之，人言王气，龙蜕藏焉。高皇帝与刘诚意、徐中山、汤东瓯定寝穴②，各志其处③，藏袖中。三人合，穴遂定。门左有孙权墓④，请徙。太祖曰："孙权亦是好汉子，留他守门。"及开藏⑤，下为梁志公和尚塔⑥。真身不坏，指爪绕身数匝⑦。军士舁之⑧，不起。太祖亲礼之，许以金棺银椁，庄田三百六十，奉香火，舁灵谷寺塔之⑨。今寺僧数千人，日食一庄田焉。陵寝定，闭外羡⑩，人不及知。所见者，门三、飨殿一⑪、寝殿一，后山苍莽而已。

①钟山：在南京城东，又名紫金山、蒋山、北山，自三国以来，就有"钟山龙盘"的说法。

②高皇帝：明太祖朱元璋。刘诚意：刘基，字伯温，浙江青田人，明朝开国元勋，封诚意伯，故称刘诚意。徐中山：徐达，字天德，濠州钟离（今安徽凤阳）人，明朝开国第一功臣，死后追封为中山王，故称

徐中山。汤东瓯：汤和，字鼎臣，濠州钟离（今安徽凤阳）人，明朝开国功臣，死后追封东瓯王，故称汤东瓯。寝穴：墓穴，此指朱元璋的陵墓，即后来的明孝陵。

③志：记录。

④孙权：三国东吴开国皇帝，其墓在明孝陵前，今梅花山一带。

⑤开藏：开挖（明孝陵）墓穴。

⑥梁志公和尚：南朝高僧宝志和尚，后代流传许多关于他的传奇故事。埋葬志公的灵塔，原址在于钟山南麓玩珠峰下的独龙阜，即今明孝陵之地。明初因修建孝陵，将灵塔迁到今中山陵东侧的灵谷寺一带。.

⑦匝：周、圈。

⑧辇：用车拉、运送。

⑨舁（yú 于）：抬、运送。塔：建塔。

⑩羡（yán 延）：通"埏"，墓道。

⑪飨（xiǎng 想）：供奉鬼神。

壬午七月①，朱兆宣簿太常②，中元祭期③，岱观之。飨殿深穆，暖阁去殿三尺④，黄龙幔幔之⑤。列二交椅，褥以黄锦，孔雀翎织正面龙，甚华重。席地以毡，走其上，必去舄轻趾⑥。稍咳，内侍辄叱曰⑦："莫惊驾！"近阁下一座，稍前，为硕妃⑧，是成祖生母。成祖生，孝慈皇后妊为己子⑨，事甚秘。再下，东西列四十六席，或坐或否。祭品极简陋。朱红木簋⑩、木壶、木酒樽，甚粗朴。簋中肉止三片，粉一铗⑪，黍数粒，东瓜汤一瓯而已⑫。暖阁上一几，陈铜炉一、小筯瓶二、杯棬二⑬；下一大几，陈太牢一、少牢一而已⑭。他祭或不同，岱所见如是。先祭一日，太常官属开牺牲所中门⑮，导以鼓乐旗帜，牛羊自出，龙袱盖之。至宰割所，以四索缚牛蹄。太常官属至，牛正面立，太常官属朝牲揖，揖未起，而牛头已入烊所⑯。烊已，舁至飨殿。次日五鼓⑰，魏国至⑱，主祀，太常官属不随班，侍立飨殿上。祀毕，牛羊已臭腐不堪闻矣。平常日进二膳，亦魏国陪祀，日必至云。

①壬午：崇祯十五年（1642 年）。

②朱兆宣簿太常：朱兆宣担任太常寺簿。明代太常寺是中央官署，主管礼乐、郊庙、社稷之事，主簿是太常寺下属官职之一。

③中元：中元节，农历七月十五，祭祀鬼神。民间亦称"鬼节"。

④暖阁：古代宫庙中为防寒取暖而从大房间中隔出的小间。

⑤黄龙幔：绣有黄龙图案的幔帐。幔：遮挡。

⑥去舄（xì戏）：脱鞋。

⑦叱：斥责。

⑧硕妃：朱元璋的妃子，相传是明成祖朱棣的生母，是由高丽进贡的女子。

⑨孝慈皇后：即马皇后，滁阳王郭子兴的养女，明太祖朱元璋的元配，安徽宿州人，卒谥孝慈。妊：怀孕。明成祖亦称自己是马皇后孕育的。

⑩簋（guǐ鬼）：古代盛食物的器皿，也可用来盛放祭品，圆口双耳。

⑪铗（jiá夹）：铁夹子。这里作量词用。

⑫瓯：小盆。

⑬杯棬（quān圈），古代一种木质的饮器，尤指酒杯。

⑭太牢、少牢：古代帝王祭祀社稷时，牛、羊、豕（猪）三牲全备为"太牢"，只有羊猪而没有牛的，称为"少牢"。从下文描写来看，孝陵祭礼用的太牢就是牛羊，少牢则是羊，不用猪。

⑮牺牲所：这些祭祀用的动物叫作牺牲，行祭前需先饲养于牢，亦即牺牲所之中，故这类牺牲称为牢。

⑯焊（xún寻）：用火烧熟，亦指古代祭祀用的煮得半熟的肉。

⑰五鼓：古代民间把夜晚分成五个时段，用鼓打更报时，所以叫作五更、五鼓。五鼓当拂晓时分，约凌晨四点。

⑱魏国：指魏国公。徐达因功勋卓著，被封魏国公，其子孙世袭此爵位。张岱此文所谓魏国公，当是指第十代魏国公徐弘基。

戊寅①，岱寓鹫峰寺②。有言孝陵上黑气一股，冲入牛斗③，百有余日矣。岱夜起视，见之。自是流贼猖獗，处处告警。壬午，朱成国与王应华奉敕修陵④，木枯三百年者尽出为薪，发根，隧其下数丈⑤，识者为伤地脉，泄王气⑥，今果有甲申之变⑦，则寸斩应华，亦不足赎也。孝陵玉石二百八十二年^⑧，今岁清明，乃遂不得一盂麦饭^⑨，思之猿咽^⑩。

① 戊寅：崇祯十一年（1638 年）。

② 鹫峰寺：鹫峰禅寺，位于今南京白鹭洲公园东北角，建于明代天顺五年（1461），为纪念唐朝名僧鹫峰而得名。

③ 斗牛：传统天文学中二十八星宿中的牛宿和斗宿。

④ 朱成国：殆指末代成国公朱纯臣。明成祖功臣、东平王朱能之后，世袭成国公。王应华：广东东莞人，崇祯元年进士，曾任礼部郎中，后升浙江提学副使。

⑤ 隧：墓道。

⑥ 伤地脉、泄王气：泄王气之说在南京很流行，如传说秦始皇挖秦淮河，其意亦在伤地脉，泄王气。

⑦ 甲申：明崇祯十七年，清顺治元年，1644 年。

⑧ 玉石：疑当作"玉食"，指供奉的精美的食物。

⑨ 盂：盛饮食或其他液体的圆口器皿。麦饭：祭祀用的饭食。宋刘克庄《寒食清明》诗："汉寝唐陵无麦饭，山蹊野径有梨花。"

⑩ 猿咽：像猿猴一样哽咽、悲泣。古人认为猿啼特别令人悲伤。

报恩塔^①

中国之大古董，永乐之大窑器^②，则报恩塔是也。报恩塔成于永乐初年^③，非成祖开国之精神、开国之物力^④、开国之功令，其胆智才略足以吞吐此塔者^⑤，不能成焉。

① 报恩塔：原址在今南京中华门外报恩寺遗址公园内。永乐十年（1412 年），明成祖朱棣为纪念其父明太祖朱元璋和其母马皇后，在建初寺原址依照皇宫标准兴建大报恩寺。寺内的琉璃宝塔高达 78.2 米，通体用琉璃烧制，塔内外置长明灯 146 盏，金碧辉煌，昼夜通明。后寺塔毁于太平天国战乱。2008 年，从大报恩寺前身的长干寺地宫出土了"佛顶真骨""感应舍利""诸圣舍利"以及"七宝阿育王塔"等珍贵文物。2010 年报恩寺塔重建，大报恩寺遗址公园亦于 2015 年底建成开放。

②永乐之大窑器：报恩寺塔通体用琉璃烧制，又建于明永乐时，故称。

③成于永乐初年：报恩寺塔始建于永乐十年（1412年），历时十余年，至宣德初年才完工。

④开国之物力：据记载，大报恩寺修建耗费248.5万两白银，十万军役、民夫。整个寺院规模极其宏大，有殿阁30多座、僧院148间、廊房118间、经房38间，是当时规模最大、规格最高的寺院。

⑤吞吐：这里是容纳、涵盖之意。

塔上下金刚佛像千百亿金身①。一金身，琉璃砖十数块凑砌成之，其衣褶不爽分②，其面目不爽毫③，其须眉不爽忽④，斗笋合缝⑤，信属鬼工。

①千百亿：极言其数量之多。

②不爽：不差。分：古代长度单位，尺的百分之一。

③毫：古代长度单位，尺的万分之一，分的百分之一。

④忽：古代长度单位，尺的百万分之一，毫的百分之一。

⑤斗笋：建筑物构件上利用凹凸相接处凸出的部分榫头和卯眼非常适合，严丝合缝。形容工艺高超。

闻烧成时，具三塔相①，成其一，埋其二，编号识之。今塔上损砖一块，以字号报工部②，发一砖补之，如生成焉。

①具三塔相：按照三座塔的规模配备（烧制）琉璃砖。

②工部：古代中央官署名，掌管营造工程事项。

夜必灯，岁费油若干斛①。天日高霁，霏霏霭霭②，摇摇曳曳，有光怪出其上，如香烟缭绕，半日方散。

①斛：古代容量单位，一斛本为十斗，南宋末年改为五斗。

②霏霏：形容小雨飘飞的样子。霭霭：形容云雾弥漫的样子。

永乐时，海外夷蛮重译至者百有余国①，见报恩塔，必顶礼赞叹而去②，谓四大部洲所无也③。

① 重译：多重翻译。比喻路途遥远。

② 顶礼：指双腿跪下，两手伏地，以头顶着所尊敬的人的脚，是佛教界最高的敬礼方式。

③ 四大部洲：按佛教的说法，人间有四个天下，亦即四大部洲：一是东胜神洲，二是南赡部洲，三是西牛贺洲，四是北俱卢洲。泛指人间、天下。

闵老子茶

周墨农向余道闵汶水茶不置口①。戊寅九月②，至留都③，抵岸，即访闵汶水于桃叶渡④。日晡⑤，汶水他出，迟其归⑥，乃婆娑一老⑦。方叙话，遽起曰："杖忘某所。"又去。余曰："今日岂可空去？"迟之又久，汶水返，更定矣⑧。睨余曰⑨："客尚在耶？客在奚为者⑩？"余曰："慕汶老久，今日不畅饮汶老茶，决不去。"

① 周墨农：张岱的友人。闵汶水：徽州休宁人，茶艺精湛，嗜茶成痴，亦善制茶，当时有"闵茶"之名。当时很多文士喜欢到闵汶水设在桃叶渡边的花乳斋品茶。其子闵子长、闵际行继之，售茶获利。茶不置口：不需要把茶喝到嘴里，就能闻茶识茶，看水识水。

② 戊寅：崇祯十一年（1638年）。

③ 留都：明成祖迁都北京之后，以南京为"留都"。

④ 桃叶渡：在夫子庙淮青桥附近。当时闵汶水住在桃叶渡旁，开设花乳斋售茶。

⑤ 日晡：申时，相当于下午3点至5点。

⑥ 迟（zhì志）：等待。

⑦ 婆娑：形容鬓发蓬松散乱。

⑧ 更定：古时一夜分为五更。每更约两个小时，每晚八点开始打更，称为更定。

⑨ 睨：斜着眼睛看。

⑩ 奚为：为了什么。

汶水喜，自起当炉。茶旋煮，速如风雨。导至一室，明窗净几，荆溪壶、成宣窑瓷瓯十余种①，皆精绝。灯下视茶色，与瓷瓯无别，而香气逼人，余叫绝。余问汶水曰："此茶何产？"汶水曰："阆苑茶也②。"余再啜之，曰："莫绐余③。是阆苑制法，而味不似。"汶水匿笑曰④："客知是何产？"余再啜之，曰："何其似罗岕甚也⑤？"汶水吐舌曰："奇，奇！"

① 荆溪壶：即宜兴紫砂壶。宜兴古称荆溪，境内有一条荆溪，故称。成宣窑：明代成化（1465~1487 年）、宣德（1426~1435 年）时期景德镇的官窑。瓷瓯：瓷碗。

② 阆苑：传说中在昆仑山之巅，是西王母居住的地方，泛指神仙居住的地方，有时也代指帝王宫苑。此处阆苑茶，代指神仙茶，可能是闵汶水开玩笑说的。

③ 绐（dài 代）：哄骗，欺骗。

④ 匿笑：偷偷地笑。

⑤ 罗岕（jiè 介）茶：传统名茶。罗岕村出产，村位于长兴县西北部，离县城约 30 公里，四面环山，北面与江苏宜兴茗岭乡接壤，东面与竹海公园相邻。"岕"意为介于两座山峰之间的空旷地。

余问水何水，曰惠泉①。余又曰："莫绐余！惠泉走千里，水劳而圭角不动②，何也？"汶水曰："不复敢隐。其取惠水，必淘井，静夜候新泉至，旋汲之③。山石磊磊藉瓮底④，舟非风则勿行，放水之生磊。即寻常惠水，犹逊一头地⑤，况他水耶！"又吐舌曰："奇，奇！"

① 惠泉：无锡惠山的泉水。

② 圭角：原指锋芒之意，此处是痕迹、迹象之意。

③ 旋：随即。

④ 磊磊：石头多的样子。藉：铺。

⑤逊一头地：差一截。

言未毕，汶水去。少顷^①，持一壶满斟余曰："客啜此。"余曰："香扑烈，味甚浑厚，此春茶耶？向瀹者的是秋采^②。"汶水大笑曰："予年七十，精赏鉴者无客比。"遂定交。

①少顷：过一小会儿。
②向：此前，刚才。瀹（yuè越）：煮。

板桥杂记序

[清] 余 怀

【题解】余怀（1616~1696年？），字澹心，又字无怀、广霞，原籍福建莆田，流寓南京，常故自称"江宁余怀""白下余怀"。他年轻的时候，曾出入秦淮狭邪之地，贪恋风月，流连诗酒。明清之际的沧桑巨变，改变了他三十岁以后的人生。他在晚年完成的《板桥杂记》，不仅是对其个人一生的回首，更是通过秦淮佳丽艳冶人事的记述，寄托"一代之兴衰，千秋之感慨"。这篇序文旨在阐释作者《板桥杂记》的创作意图，文字骈整丽冶，摇曳多姿，耐人寻味。

或问余曰："《板桥杂记》何为而作也？"余应之曰："有为而作也。"或者又曰："一代之兴衰，千秋之感慨，其可歌可录者何限，而子唯狭邪之是述①，艳冶之是传②，不已荒乎？"

①狭邪：本义为"小街曲巷"，引申指"妓女"或"妓院"。
②艳冶：艳丽妖冶，指妓女。

余乃听然而笑曰①："此即一代之兴衰，千秋之感慨所系，而非徒狭邪之是述②，艳冶之是传也。金陵古称佳丽之地③，衣冠文物，盛于江南，文采风流，甲于海内。白下青溪④，桃叶团扇⑤，其为艳冶也多矣。洪武初年，建十六楼以处官妓⑥，淡烟、轻粉、重译、来宾，称一时之韵事。自时厥后，或废或存，迨至三百年之久，而古迹寝湮，所存者为南市、珠市及旧院而已⑦。南市者，卑屑妓所居；珠市间有殊色；若旧院，则南曲名姬、上厅行首皆在焉⑧。余生也晚，不及见南部之烟花、宜春之弟子⑨，而犹幸少长承平之世，偶为北里之游⑩。长板桥边⑪，一吟一咏，顾盼自雄。所作歌诗，传诵诸姬之口，楚、润相看⑫，态、娟互引⑬，余亦自诩为平安杜书记也⑭。鼎革以来，时移物换，十年旧梦，依约扬州⑮，一片欢场，鞠为茂草⑯，红牙碧串⑰，妙舞清歌，不可得而闻也；洞房绮疏，湘帘绣幕⑱，不可得而见也；名花瑶草，锦瑟犀毗⑲，不可得而赏也。间亦过之，蒿藜满眼⑳，楼馆劫灰，美人尘土，盛衰感慨，岂复有过此者乎！郁志未伸，俄逢丧乱，静思陈事，追念无因。聊记见闻，用编汗简㉑。效《东京梦华》之录㉒，标崔公蚬斗之名㉓，岂徒狭邪之是述，艳冶之是传也哉！"

① 听（yǐn 引）然：张口而笑的样子。

② 徒：仅仅，只。

③ 古称佳丽地：指南齐谢朓《入朝曲》中的"江南佳丽地，金陵帝王州"。

④ 白下：南京古称。唐代曾改称金陵县为白下县。青溪：南京城内的一条溪流，源自钟山西南，流经城区，蜿蜒曲折，最终在淮青桥汇入秦淮河。

⑤ 桃叶团扇：桃叶是东晋书法家王献之的爱妾。王献之曾为之作《桃叶歌》曰："桃叶复桃叶，渡江不用楫。但乐无所苦，我自迎接汝。"桃叶作《团扇歌》答王献之，歌云："七宝画团扇，灿烂明月光。与郎却渲暑，相忆莫相忘。"相传淮青桥旁的桃叶渡，就是王献之送桃叶渡河之地。

⑥ 十六楼：朱元璋定都南京之后，于洪武初年命建十六座酒楼以招待功臣宾客，内置官妓。十六楼，除了下文提到的淡烟、轻粉、重译、来宾之外，还有清江、石城、鹤鸣、醉仙、乐民、集贤、讴歌、鼓腹、梅妍、柳翠、南市、北市。

⑦ 南市、珠市及旧院：明末南京歌妓集中之地。南市是明初所建十六楼之一，在斗门桥东北，是低级妓女所居之地；珠市在内桥旁，《板桥杂记》称其"曲巷逶迤，屋宇湫隘"，此地偶见有丽人；旧院则"前门对武定桥，后门在钞库街，妓家鳞次，比屋而居"，名妓最多。

⑧ 南曲：唐代妓女居住之地，因以代指妓院。上厅：官府，因以代指官妓。行首：妓院中的头牌妓女。

⑨ 南部：南方。烟花：指妓女。宜春：此处指宜春院，唐代长安城内官妓居住的地方。

⑩ 北里：唐代长安城妓院所在地平康里，因位于城北，故简称北里，后泛指妓女所居之地。

⑪ 长板桥：原在南京夫子庙东侧石坝街一带的秦淮河上，邻近妓女

聚居之地。

⑫ 楚、润：楚娘、润娘，唐代名妓。泛指名妓。

⑬ 态、娟：张态、李娟，唐代名妓。泛指名妓。

⑭ 杜书记：唐代诗人杜牧曾经担任淮南节度使牛僧孺的掌书记，故称。元辛文房《唐才子传》卷五："牧美容姿，好歌舞，风情颇张，不能自遏。时淮南称繁盛，不减京华，且多名姬绝色。牧恣心游赏，牛相收街吏报杜书记平安帖子，至盈篚。"

⑮ 十年旧梦依约扬州：杜牧《遣怀》："十年一觉扬州梦，赢得青楼薄幸名。"

⑯ 鞠（jū 拘）为茂草：杂草丛生。

⑰ 红牙：用红色檀牙制作的、用来打节拍的板子。

⑱ 湘帘：用湘妃竹制作的帘子。

⑲ 犀毗：漆器的别称。宋俞琰《席上腐谈》卷上："漆器有所谓犀皮者，出西毘国，讹而为犀皮。"

⑳ 蒿藜：杂草、野草。

㉑ 汗简：古人用来书写文字的竹简，这里泛指著述。

㉒《东京梦华》之录：即《东京梦华录》，南宋人孟元老撰，是回忆并记述北宋首都开封城繁盛景况的著作。

㉓ 标崖公蚬斗之名：唐崔令钦《教坊记》："诸家散乐呼天子为'崖公'，以欢喜为'蚬斗'。"这里指《板桥杂记》与《教坊记》类似，是通过歌妓之事觇见国家盛衰。

客跃然而起，曰："如此，则不可以不记。"于是作《板桥杂记》。

李姬传

[清] 侯方域

【题解】侯方域（1618~1654 年），河南商丘人。长于古文，其散文往往能将班固、司马迁的传记，韩愈、欧阳修的古文与唐代传奇小说的手法熔于一炉，风格清新奇峭，尤以传记散文见长。有《壮悔堂集》。崇祯末年，方域游学南京，参与复社反阉党余孽阮大铖的活动，介入南明弘光朝的政治斗争，遂使其所宠爱的秦淮名妓李香（即李香君）也卷入其中。这篇传记就是侯方域缅怀往事而作。文章选择能够反映李香品格的二三典型事件，同时把明末政治斗争的变化与侯、李两人爱情故事结合在一起，成功塑造了李香君深明大义、不阿权贵、坚贞高洁的形象。全篇师法唐宋古文，行文简洁流畅，明白如话，绘声绘色，形象生动。清初著名戏曲家孔尚任创作《桃花扇》传奇时，曾选用《李姬传》作为素材，可见本篇面世不久，就在文坛上产生了重要的影响。

李姬者①，名香，母曰贞丽②。贞丽有侠气，尝一夜博③，输千金立尽。所交接皆当世豪杰，尤与阳羡陈贞慧善也④。姬为其养女，亦侠而慧，略知书，能辨别士大夫贤否⑤，张学士溥、夏吏部允彝急称之⑥。少风调皎爽不群⑦。十三岁，从吴人周如松受歌《玉茗堂四传奇》⑧，皆能尽其音节。尤工《琵琶词》⑨，然不轻发也⑩。

① 李姬：李香，又名李香君，原姓吴，苏州人，因家道败落，沦为教坊名妓，并随养母李贞丽改姓为李。与董小宛、陈圆圆、柳如是等并称为"秦淮八艳"，与侯方域相知。清初孔尚任作传奇《桃花扇》，即以李、侯故事为主要线索。

② 贞丽：姓李，字淡如，秦淮名妓，李香假母。

③ 博：赌博。

④ 阳羡：江苏宜兴。陈贞慧：字定生，宜兴人，为复社重要成员，与侯方域、方以智、冒辟疆并称明末四公子，曾参与声讨阉党余孽阮大铖，

明亡不仕，著有《皇明语林》《山阳录》《雪岑集》等。

⑤ 贤否（pǐ匹）：好人与坏人。

⑥ 张学士溥：张溥，字天如，江苏太仓人，进士及第，改翰林院庶吉士，故称张学士。张溥是复社发起人，曾组织反阉党斗争，著有《七录斋诗文合集》，编有《汉魏六朝百三名家集》。夏吏部允彝：夏允彝，字彝仲，松江华亭（今上海市）人，崇祯进士，官福建长乐知县，与陈子龙组织几社，与复社相呼应。夏允彝曾在南明弘光朝任吏部主事，故称夏吏部。清兵渡江，于家乡起兵抵抗，兵败投水死。著有《幸存录》。

⑦ 风调：风度、格调。皎爽：皎洁爽朗。

⑧ 吴：苏州。周如松：苏昆生原名周如松，原籍河南固始，精通音律，善歌，是当时著名的昆曲教习。明亡后，流落苏州，故称吴人。玉茗堂四传奇：玉茗堂是汤显祖书斋名。四传奇即即汤显祖所作《紫钗记》《牡丹亭》《邯郸记》《南柯记》。

⑨《琵琶词》：即高明《琵琶记》。

⑩ 不轻发：不轻易演唱。

雪苑侯生 ①，己卯来金陵 ②，与相识。姬尝邀侯生为诗，而自歌以偿之。初，皖人阮大铖者 ③，以阿附魏忠贤论城旦 ④，屏居金陵 ⑤，为清议所斥 ⑥。阳羡陈贞慧、贵池吴应箕实首其事 ⑦，持之力 ⑧。大铖不得已，欲侯生为解之，乃假所善王将军 ⑨，日载酒食与侯生游。姬曰："王将军贫，非结客者 ⑩，公子盍叩之 ⑪？"侯生三问，将军乃屏人 ⑫，述大铖意。姬私语侯生曰："妾少从假母识阳羡君 ⑬，其人有高义，闻吴君尤铮铮 ⑭，今皆与公子善，奈何以阮公负至交乎！且以公子之世望 ⑮，安事阮公 ⑯！公子读万卷书，所见岂后于贱妾耶？"侯生大呼称善，醉而卧。王将军者殊怏怏 ⑰，因辞去，不复通。

① 雪苑侯生：作者自称。汉梁孝王的园林，原名梁园、兔园，故址在今河南商丘东南。梁孝王曾招致司马相如、枚乘等文人学士，后南朝作家谢惠连作《雪赋》，即以梁园宾主之会为背景，描写梁苑雪景，传诵广远，梁苑遂被称为雪苑。侯方域为商丘人，故称雪苑侯生。

② 己卯：明崇祯十二年（1639年），时侯方域二十二岁。

③ 皖人阮大铖：字圆海，安徽怀宁人。本为东林党人，后依附掌权宦官魏忠贤。崇祯初，削职为民，流寓南京，作戏曲，蓄声伎，结纳文士、游侠。南明弘光朝，又依附马士英，官至兵部尚书，恃机弄权，报复东林党和复社中人。清兵南下，大铖率先降清，又随清兵南侵，死于仙霞关。作有《春灯谜》《燕子笺》等传奇。事具《明史·奸臣传》。

④ 论城旦：被定罪判刑。城旦，古代刑罚名。《墨子·号令》："以令为除死罪二人，城旦四人。"孙诒让《墨子闲诂》引应劭语："城旦者，旦起行治城，四岁刑也。"后指徒刑或流放。阮大铖被判处"赎徒为民"，故云。

⑤ 屏（bǐng 丙）居：屏退闲居。

⑥ 清议：民间清流士人对时政人事的议论，舆论。当时，复社以陈贞慧、吴应箕等人为首，在南京联合发布《留都防乱揭帖》，揭发阮大铖为阉党余孽，意在阻止其东山再起。

⑦ 贵池吴应箕：吴应箕，字次尾，号楼山，贵池（今安徽石台大演乡高田）人。崇祯贡生，参加复社并为领袖之一。清兵入关后，举兵抗清，兵败被俘，不屈而死。著有《读书止观录》。

⑧ 持之力：态度坚决。

⑨ 假：委托。所善：所交好的人。王将军：一位姓王的将军，事迹不详。

⑩ 非结客者：不是有能力广交宾客的人。

⑪ 盍：何不。叩：询问。

⑫ 屏（bǐng 丙）人：让周围人避开。

⑬ 阳羡君：指陈贞慧。

⑭ 吴君：指吴应箕。铮铮：形容正直刚强的样子。

⑮ 世望：家世名望。侯方域父祖辈，皆立朝为官，为人刚正不阿。

⑯ 安：怎么。

⑰ 怏怏：失落的样子。

未几，侯生下第①。姬置酒桃叶渡②，歌《琵琶词》以送之，曰："公子才名文藻，雅不减中郎③。中郎学不补行④，今琵琶所传词固妄⑤，然尝昵董卓⑥，不可掩也。公子豪迈不羁，又失意，此去相见未期，愿终自爱，无忘妾所歌《琵琶词》也！妾亦不复歌矣！"

① 下第：落第，指侯方域参加江南乡试而没有考上。

② 桃叶渡：在南京夫子庙东、淮青桥附近。相传东晋王献之在这里送其爱妾桃叶渡河，因而得名。

③ 雅：甚，很。中郎：《琵琶记》中的主人公蔡邕，字伯喈，官左中郎将，故称为职称名中郎。蔡邕是东汉末年著名文学家、学者，《琵琶记》中所演蔡伯喈与赵五娘故事，系后世附会假托其名而成，与史实不符。

④ 学不补行：学问（虽富）不能弥补其品行（的缺陷）。

⑤ 固：诚然，固然。妄：指《琵琶记》所写是虚构，而非蔡邕实有之事。

⑥ 昵：亲近。董卓：汉末权臣。汉献帝时，董卓擅政，征蔡邕为侍中，再拜中郎将，封高阳乡侯。后来董卓被诛，蔡邕因其有恩于己而哭之，被当作董卓同党，下狱死。

侯生去后，而故开府田仰者①，以金三百锾②，邀姬一见。姬固却之③。开府惭且怒，且有以中伤姬④。姬叹曰："田公岂异于阮公乎？吾向之所赞于侯公子者谓何⑤？今乃利其金而赴之，是妾卖公子矣！"卒不往⑥。

① 开府：古代高级官员设立官署，自选僚属，称"开府"。明清两代用以指称方面大员，如总督、巡抚。田仰：字百源，贵州思南人，与马士英有亲，弘光朝官淮扬巡抚、兵部尚书等。

② 锾（huán 还）：货币量词。《书·吕刑》："墨辟疑赦，其罚百锾。"孙星衍《尚书今古文注疏》："一说为六两，一说为十铢二十五分之十三。"后借用为钱币数，三百锾，即三百金。

③ 固却：坚决推辞。

④ 有以：因此。中伤姬：诬陷李香。指田仰恼羞成怒，诬陷李香拒招，是受复社人物指使，其背后有反马士英、阮大铖擅政的政治目的。侯方域有《答田中丞书》，驳斥田仰对李香君的诬陷。

⑤ 向：从前，往昔。赞：支持。岂异：何异。谓何：为了什么。谓，通"为"。

⑥ 卒：终究。

游瓦官寺记

〔清〕王士禛

【题解】王士禛（1634~1711 年），字子真，一字贻上，号阮亭，又号渔洋山人，山东新城人。清初著名诗人，擅长各体，尤工七绝。早年诗作清丽澄淡，中年以后转为苍劲。康熙时代，他继钱谦益之后主盟诗坛，创神韵诗说，对诗坛产生了很大的影响。有《带经堂集》。王士禛很喜爱南京，曾多次到南京，诗集中有不少吟咏南京的诗，例如《秦淮杂诗二十首》，其中有"年来肠断秣陵舟，梦绕秦淮水上楼"等名句。他游鸡笼山、乌龙潭、钟山灵谷寺、燕子矶、弘济寺、瓦官寺、城南诸刹、木末亭，每游必有游记，后来结集为《金陵游记》。《游瓦官寺记》就是其中的一篇，记瓦官寺沿革及其在清初的状况颇详，文笔轻松随意，可读性强。

金陵城西南隅最幽僻处，古瓦官寺在焉。邓太史元昭招予结夏万竹园①。园与寺邻，喜胜地落吾手也。时方燠甚②，忽云叶四垂，雨如屈注，淮水暴涨三四尺。高柳青溪，御风以往③，至凤游寺，即上瓦官也。按葛寅亮《记》云④，寺一更于昇元⑤，再废于崇胜戒坛⑥，洪武初荡然无存⑦。其地半入骁骑仓⑧，半入徐魏公族园⑨。万历十九年⑩，魏公慨然布金⑪，遂复瓦官昇元之旧。

①邓太史元昭：邓旭，字元昭，寿州（今属安徽）人，顺治年间进士。曾任翰林院检讨，故称太史。万竹园是邓旭的园林。

②燠（yù 玉）：湿热。

③御风：乘风。

④葛寅亮《记》：指葛寅亮《金陵梵刹志》。葛寅亮，字冰鉴，号屺瞻。钱塘（今浙江杭州）人。万历二十九年（1601 年）进士，万历三十五年（1607 年）主持南京祠部，撰有《金陵梵刹志》。

⑤昇元：南唐中主李璟昇元（938~942 年）中，瓦官寺更名为昇元寺。

105

⑥ 崇胜戒坛：宋灭南唐，昇元寺亦毁于战火。北宋太平兴国五年（980年），复建为崇胜戒坛院。

⑦ 洪武：明太祖朱元璋年号，1368~1398 年。

⑧ 骁骑仓：禁军粮仓。

⑨ 徐魏公：明代开国功臣徐达，封魏国公。

⑩ 万历：明神宗年号。1573~1620 年。

⑪ 布金：布施金钱。

殿左空圃有土阜①，高丈许，上多梧桐林，即古凤凰台址②。今寺去江远甚，台仅培塿③，不可以远望。太白诗所谓"一风三日吹倒山，白浪高于瓦官阁"④，故迹沧桑⑤，不可复考。太史谓瓦官旧在城外，濒于江⑥，明初广拓都城⑦，始入城内云。

① 土阜：土丘。

② 凤凰台：故址在今南京市西南。相传南朝宋元嘉间，有凤凰来集于此，故有此名。李白《登金陵凤凰台》诗写其远望所见："凤凰台上凤凰游，凤去台空江自流。吴宫花草埋幽径，晋代衣冠成古丘。三山半落青天外，二水中分白鹭洲。总为浮云能蔽日，长安不见使人愁。"

③ 培塿：小土丘。

④ "一风三日"二句：见李白（字太白）《横江词》六首之一。

⑤ 沧桑：沧海变成桑田，比喻历代地理环境的变化。

⑥ 濒：靠近。

⑦ 拓：扩建。

稍西南为下瓦官寺，藤梢橘刺，数折始得寺门，清迥视上瓦官不啻过之①。寺有唐幡②，相传天后锦裙所制③。锦作浅绀色④，云龙隐起，四角缀十二铃。陆龟蒙《古锦记》云⑤："瓦官寺有陈后主羊车一轮⑥，武后锦裙一幅。"今羊车不可见，而此裙宛然。又志称师子国玉佛、戴安道佛像、顾长康《维摩图》⑦，为此寺三绝。皆化去。老狐看朱成碧⑧，以此狐媚世尊⑨，勿乃不可？顾千载而下⑩，犹与金石同寿，事固有不可解者矣。六朝时，名僧支道林、法汰之流，皆居此。顾虎头、伏曼容宅正在寺侧⑪，风流弘长，于古为最，殊恨古人不我见也。

① 清迥：清幽。视：比。超过。不啻（chì 斥），不仅。

② 幡：同"旛"，长方下垂的旗子。

③ 天后：武则天，初为唐太宗才人。太宗死，出为尼；高宗立，复入宫，为皇后。高宗死，则天自立为帝，国号周，称为天后。

④ 绀（gàn 赣）：红青色。

⑤ 陆龟蒙：唐代文学家，字鲁望，号甫里先生，长洲（今苏州）人，撰有《甫里集》。《古锦记》即《记锦裙》，见《甫里集》卷十九。

⑥ 陈后主：南朝陈末代皇帝，名叔宝，在位时奢侈淫逸，陈在其手中灭于隋。

⑦ 师子国：古国名，即今斯里兰卡，其国能驯养狮子，因以名国。"师子"，又作"狮子"。戴安道：戴逵，字安道，东晋艺术家，善鼓琴，工书画，会雕塑。

顾长康：顾恺之，字长康，小字虎头。东晋著名画家。维摩：人名，维摩诘的简称，释迦牟尼在世时的一个居士，今传有《维摩经》，即维摩诘所说的佛理。

⑧ 老狐：指武则天。骆宾王《为徐敬业以武后临朝移诸郡县檄》："掩袖工谗，狐媚偏能惑主。"看朱成碧：古代以朱为正色，碧属杂色。"看朱成碧"比喻以假乱真，是非混淆。

⑨ 世尊：佛陀的尊号。

⑩ 顾：乃，竟。

⑪ 伏曼容：南朝宋学者，著有《周易集解》等。顾虎头：即顾恺之。

入万竹园，饮青鳞堂①，出华林部奏伎堂侧，琅玕万个②，流云欲归，蝉鸟乱鸣，意高枕此中，不复成梦。堂前有池如半规③，烟雾莘郁④。太史云池每夕必有气，细缊轮囷⑤，登阁望之，如匹练然⑥。漏下三十刻，相约以明日访六朝松石，乃别去。

①青嶰堂：万竹园中的一部分。

②琅玕（láng gān 狼干）：这里借指竹。个：竹一枝。《史记·货殖列传》："竹竿万个。"

③规：圆规。

④荸（bó 勃）郁：同"勃郁"，浓盛貌。

⑤绲绲：同"氤氲"，气盛貌。轮囷（qūn 逡）：旋绕貌。

⑥练：白色的绢。

随园记

[清]袁　枚

【题解】袁枚（1716~1798年），字子才，号简斋，晚号随园老人，原籍浙江杭州。乾隆四年(1739年)进士，授翰林院庶吉士。乾隆七年（1742年）外调做官，曾任溧水、江宁等地知县，三十三岁辞官养母。乾隆十年（1745年），袁枚买下原江宁织造隋赫德的隋园，并加以葺治，改名随园，从此流寓南京，著述终老，世称随园先生。袁枚是乾隆、嘉庆时期著名诗人，与赵翼、蒋士铨合称为"江左三大家"。着有《小仓山房集》《随园诗话》《子不语》《续子不语》等著作传世。此文写于乾隆十四年（1749年）。文章先历叙随园的地理位置，接着便扣住"随"字大做文章，通过对葺治随园经过的描写，处处突出作者的审美趣味，表现其热爱自然、洒脱放任的天性，叙景状物，饶有情趣。

金陵自北门桥西行二里①，得小仓山②。山自清凉胚胎③，分两岭而下，尽桥而止。蜿蜒狭长，中有清池水田，俗号干河沿④。河未干时，清凉山为南唐避暑所⑤，盛可想也。凡称金陵之胜者，南曰雨花台⑥，西南曰莫愁湖⑦，北曰钟山⑧，东曰冶城⑨，东北曰孝陵⑩，曰鸡鸣寺⑪。登小仓山，诸景隆然上浮，凡江湖之大，云烟之变，非山之所有者，皆山之所有也。

①北门桥：位于南京市玄武区珠江路和北门桥路交叉路口南侧，因其地处南唐国都江宁府城北门而得名。

②小仓山：随园之所在，袁枚因此自题其室为"小仓山房"，并名其集为《小仓山房诗文集》。

③清凉：清凉山，在南京城西，又名石头山。山上昔建有清凉寺，南唐建有清凉寺，相传为避暑宫。胚胎：此指小仓山为清凉山余脉。

④干河沿：北门桥所跨河道，是五代杨吴时代的城北护城河，俗称"杨吴城濠"。城濠水从北门桥向西流入乌龙潭，其西段水源断绝，河床干涸。如今广州路南有一条巷子，叫干河沿，即因此而得名。

⑤南唐避暑所：据《景定建康志》："清凉广惠禅寺，南唐为避暑宫，有亭名不受暑。"今此亭不存，然尚有南唐古井还阳井。

⑥雨花台：在南京城南中华门外。相传南朝梁天监年间（502~519年），云光法师讲经于此，感动得天雨花落，因而得名。

⑦莫愁湖：在南京城西南水西门外，传说南朝时莫愁女居处于此而得名，实则莫愁是个虚构的人物，莫愁湖之名北宋才开始出现。

⑧钟山：在南京城东、中山门外，又名金陵山、紫金山。因其在六朝宫城之北，故称北山，袁枚这里称"北曰钟山"，也是采取这种方位认定标准。

⑨冶城：故址在南京水西门内朝天宫附近，相传吴王夫差冶铁于此，故名。

⑩孝陵：为明太祖朱元璋的陵墓，在南京中山门外钟山南麓。

⑪鸡鸣寺：在南京市区鼓楼东北，南朝梁代在此始建同泰寺，后屡毁屡建。明代洪武年间（1368~1398年）在其旧址建鸡鸣寺。

康熙时①，织造隋公当山之北巅构堂皇②，缭垣牖③，树之荻千章④、桂千畦，都人游者翕然盛一时⑤，号曰隋园，因其姓也。后三十年，余宰江宁⑥，园倾且颓，弛其室为酒肆⑦，舆台嗢哝⑧，禽鸟厌之，不肯妪伏⑨，百卉芜谢，春风不能花。余恻恻然而悲⑩，问其值，曰三百金。购以月俸。茨墙剪阖⑪，易檐改涂⑫。随其高为置江楼，随其下为置溪亭，随其夹涧为之桥，随其湍流为之舟。随其地之隆中而欹侧也，为缀峰岫⑬；随其翁郁而旷也⑭，为设宧窔⑮。或扶而起之，或挤而止之，皆随其丰杀繁瘠⑯，就势取景，而莫之夭阏者⑰，故仍名曰随园，同其音，易其义。

①康熙：清代皇帝玄烨年号，1661~1722年。

②织造隋公：江宁织造隋赫德。巅：山顶。构：建筑。堂皇：广大的堂厦。

③缭：围绕。垣：墙。牖：窗户。

④荻：即楸树。章：株。

⑤翕（xī希）然：突然。

⑥ 宰江宁：当江宁县令。

⑦ 弛：这里意为拆了改建。

⑧ 舆台：奴仆、操贱役者。嚾呶（huān náo 欢挠）：喊叫吵闹。

⑨ 妪伏：本义是指鸟孵卵，引申为栖息。

⑩ 恻恻然：悲伤难过的样子。

⑪ 茨墙剪阖：语出《周礼》："茨墙则剪阖。"意为用茅草篱笆盖墙。

⑫ 改涂：重新粉刷。

⑬ 岫（xiù 秀）：山峰。

⑭ 蓊郁：茂盛浓密的样子。

⑮ 宧窔（yí yǎo 宜杳）：房屋的东北角与东南角。古代建房，多在东南角设溷厕，东北角设厨房。宧窔即代指这些设施。

⑯ 丰杀繁瘠：丰茂或者肃杀，繁密或者贫瘠。

⑰ 莫之夭阏（è）：不阻挡或者改变（山原来的走势）。语出《庄子·逍遥游》："背负青天而莫之夭阏者，而后乃今将图南。"

落成，叹曰："使吾官于此，则月一至焉；使吾居于此，则日日至焉。二者不可得兼，舍官而取园者也。"遂乞病①，率弟香亭、甥湄君移书史②，居随园。闻之苏子曰③："君子不必仕，不必不仕。"然则余之仕与不仕，与居兹园之久与不久，亦随之而已。夫两物之能相易者④，其一物之足以胜之也。余竟以一官易此园，园之奇可以见矣。

① 乞病：假托有病。
② 香亭：袁枚弟袁树。湄君：袁枚外甥陆建，字湄君，号豫庭。
③ 苏子：宋代文豪苏轼。下面的引文，出自苏轼《灵璧张氏园亭记》。
④ 相易：互换。

己巳三月记①。

① 己巳：乾隆十四年（1749 年）。

祭妹文

[清] 袁　枚

【题解】袁枚的三妹袁机（1719~1759年），字素文，幼好读书，长而能诗，才貌双全。袁机幼时，其父与如皋高氏父有约定，尽管后来知道高氏子"有禽兽行"，袁机仍然固守旧礼教的贞节观念，竟不顾日后痛苦，仍坚持嫁给高八之子，一时被誉为所谓"贞妇"。婚后，袁机孝敬公婆，深得公婆喜爱，而其夫高绎祖不仅貌丑行劣，而且性情暴戾，行为轻佻，为外出嫖妓，甚至卖尽家产后又向袁机逼索嫁妆，最后因赌博输钱，竟要卖掉袁机抵债。袁家无奈，上告官府，判袁机与高家离婚。袁机回娘家后郁郁不乐，终于在40岁那年病故。袁枚这篇祭文，不仅痛悼妹妹的不幸夭亡，表达了兄妹之间的深厚亲情，而且控诉了封建礼教对妹妹的毒害："呜呼！使汝不识诗书，或未必艰贞若是！"文章通过诸多琐细而生动的生活细节，展开对袁机一生的描述，构思精巧，情感真挚，感人泣下。

乾隆丁亥冬①，葬三妹素文于上元之羊山②，而奠以文曰③：

① 乾隆丁亥：乾隆三十二年，1767年。

② 素文：袁机，字素文。上元：南京旧县名。羊山：在今南京市江宁区于汤山街道西北侧，今写作"阳山"。袁机墓就在著名的阳山碑材附近。

③ 奠：祭奠。

呜呼！汝生于浙①，而葬于斯②，离吾乡七百里矣。当时虽觭梦幻想③，宁知此为归骨所耶④？

① 生于浙：袁机出生于浙江杭州。

② 斯：这里。

③ 觭（jī 机）梦：怪异的梦。语出《周礼·春官·太卜》："掌三梦之法，

一曰致梦，二曰觭梦，三曰咸陟。"

④宁知：哪里知道。归骨所：埋葬之地。

汝以一念之贞^①，遇人仳离^②，致孤危托落^③，虽命之所存，天实为之。然而累汝至此者^④，未尝非予之过也。予幼从先生授经^⑤，汝差肩而坐^⑥，爱听古人节义事^⑦；一旦长成，遽躬蹈之^⑧。呜呼！使汝不识《诗》《书》^⑨，或未必艰贞若是。

①一念之贞：指旧礼孝中的贞节观念，包括要忠贞于仅在名义上确定关系而实际上并未结婚的丈夫，不管对方情况如何，都要从一而终。

②仳（痞 pǐ）离：分离、离婚。亦指妇女被丈夫遗弃。

③孤危：孤单困苦。托落：通"落拓"，失意无聊。

④累：连累。

⑤授经：讲授经典，指阅读儒家的"四书五经"。

⑥差肩而坐：并肩坐在一起，因二人年龄有大小，肩膀高低不一，所以不说"比肩"。

⑦节义：贞节忠义。

⑧遽（jù巨）：立即，骤然。躬蹈：亲身实践。

⑨使：假使，如果。《诗》《书》：《诗经》《尚书》，代指儒家的"四书五经"。

余捉蟋蟀，汝奋臂出其间；岁寒虫僵^①，同临其穴^②。今予殓汝葬汝^③，而当日之情形，憬然赴目^④。予九岁憩书斋^⑤，汝梳双髻，披单缣来^⑥，温《缁衣》一章^⑦。适先生奓户入^⑧，闻两童子音琅琅然^⑨，不觉莞尔^⑩，连呼"则则"^⑪。此七月望日事也^⑫。汝在九原^⑬，当分明记之。予弱冠粤行^⑭，汝掎裳悲恸^⑮。逾三年^⑯，予披宫锦还家^⑰，汝从东厢扶案出^⑱，一家瞠视而笑^⑲，不记语从何起，大概说长安登科、函使报信迟早云尔^⑳。凡此琐琐^㉑，虽为陈迹，然我一日未死，则一日不能忘。旧事填膺^㉒，思之凄梗^㉓，如影历历^㉔，逼取便逝^㉕。悔当时不将嫛婗情状^㉖，罗缕记存^㉗。然而汝已不在人间，则虽年光倒流，儿时可再，而亦无与为证印者矣^㉘。

① 虫：蟋蟀。僵：僵死。

② 穴：掩埋死蟋蟀的土坑。

③ 殓：收殓。葬前给尸体穿衣、下棺。

④ 憬然赴目：清清楚楚地浮现于眼前。憬然，醒悟的样子。

⑤ 憩：休息。

⑥ 单缣（jiān 兼）：用缣制成的单层衣衫。缣是双丝织成的细绢。

⑦ 温：温习，复习。《缁衣》：《诗经·郑风》中的篇名。一章：《诗经》中的诗篇，凡一段称为一章。

⑧ 适：恰好。奓（zhà 炸）户：开门。

⑨ 琅琅然：形容读书声清脆流畅的样子。

⑩ 莞尔：微笑的样子。语出《论语·阳货》："夫子莞尔而笑。"

⑪ 则则：同"啧啧"，赞叹声。

⑫ 望日：阴历每月十五日，月亮圆满。

⑬ 九原：墓地。

⑭ 弱冠：二十岁。语出《礼记·曲礼上》："二十曰弱，冠。"意思是男子到了他举行冠礼的年龄，表明其进入成年期。粤行：广东之行。袁枚二十一岁那年，经广东到广西他叔父袁鸿那里。袁鸿是广西巡抚金鉷的幕客。金鉷器重袁枚的才华，举荐他到北京考博学鸿词科。

⑮ 掎：拉住。

⑯ 逾：经过。

⑰ 披宫锦：宫锦，宫廷作坊特制丝织品，亦指这种锦制成的宫袍。唐代李白曾待诏翰林，着宫锦袍，后世遂用以称翰林的朝服。这里指乾隆三年（1738 年）袁枚考中进士、选授翰林院庶吉士之后请假南归省亲的事。

⑱ 厢：厢房，边屋。案：狭长的桌子。

⑲ 瞠视而笑：瞪大眼睛看着笑。

⑳ 长安：汉、唐旧都，即今西安市。登科：进士及第。函使：传报及第消息的人。

㉑ 琐琐：细小琐碎。

㉒ 填膺：充满心怀。

㉓凄梗：悲伤凄切，心头塞结。

㉔历历：清晰的样子。

㉕逼：逼近，靠近。

㉖婴婗（yī ní 衣尼）：婴儿。引申为儿时。

㉗罗缕：一条一条、一件一件地（叙述）。

㉘证印：印证。

汝之义绝高氏而归也①，堂上阿奶，仗汝扶持②；家中文墨，眎汝办治③。尝谓女流中最少明经义、谙雅故者④。汝嫂非不婉嫕⑤，而于此微缺然。故自汝归后，虽为汝悲，实为予喜。予又长汝四岁，或人间长者先亡，可将身后托汝，而不谓汝之先予以去也！

①义绝：断绝情义。这里指与高氏离婚。

②阿奶：妈妈，指袁枚的母亲章氏。

③文墨：有关文字方面的事务。眎（shùn 顺）：用眼色示意。这里的意思是"期望"。

④尝：曾经。谙（ān 安）雅故：了解古书古事，知道前言往行。语出《汉书·叙传》："函雅故，通古今。"

⑤婉嫕（yì 义）：温柔和顺。出《晋书·武悼杨皇后传》："婉嫕有妇德。"

前年予病，汝终宵刺探，减一分则喜，增一分则忧。后虽小差①，犹尚殗殜②，无所娱遣③，汝来床前，为说稗官野史可喜可愕之事④，聊资一欢。呜呼！今而后，吾将再病，教从何处呼汝耶？

①小差：病情稍有好转。差（chài），同"瘥"。

②殗殜（yè dié 叶叠）：病不重，但拖着还没有完全痊愈。

③娱遣：娱乐消遣。

④稗官野史：指私人编写的笔记、小说、野史之类的书，与官方编纂的"正史"相对。

汝之疾也，予信医言无害，远吊扬州①。汝又虑戚吾心②，阻人走报。

及至绵惙已极^③，阿奶问："望兄归否？"强应曰^④："诺^⑤。"已予先一日梦汝来诀^⑥，心知不祥，飞舟渡江，果予以未时还家^⑦，而汝以辰时气绝^⑧。四支犹温^⑨，一目未瞑^⑩，盖犹忍死待予也。呜呼痛哉！早知诀汝，则予岂肯远游？即游，亦尚有几许心中言要汝知闻、共汝筹画也。而今已矣！除吾死外，当无见期。吾又不知何日死，可以见汝；而死后之有知无知，与得见不得见，又卒难明也^⑪。然则抱此无涯之憾，天乎人乎！而竟已乎！

① 吊：凭吊（古迹）。

② 戚：使动用法，使（我）忧愁。

③ 绵惙（绰 chuò）：病危。

④ 强：勉强。

⑤ 诺：表示同意的答语，犹言"好的"。

⑥ 诀：诀别。袁枚有哭妹诗："魂孤通梦速，江阔送终迟。"自注："得信前一夕，梦与妹如平生欢。"

⑦ 未时：相当下午一至三时。

⑧ 辰时：相当于上午七时至九时。

⑨ 四支：四肢。

⑩ 瞑（míng 名）：闭上眼睛。

⑪ 卒：终于。

汝之诗，吾已付梓^①；汝之女，吾已代嫁；汝之生平，吾已作传^②；惟汝之窀穸^③，尚未谋耳。先茔在杭^④，江广河深，势难归葬，故请母命而宁汝于斯^⑤，便祭扫也。其傍葬汝女阿印^⑥；其下两冢^⑦：一为阿爷侍者朱氏^⑧，一为阿兄侍者陶氏^⑨。羊山旷渺^⑩，南望原隰^⑪，西望栖霞^⑫，风雨晨昏，羁魂有伴^⑬，当不孤寂。所怜者，吾自戊寅年读汝哭侄诗后^⑭，至今无男^⑮；两女牙牙^⑯，生汝死后，才周晬耳^⑰。予虽亲在，未敢言老^⑱，而齿危发秃，暗里自知，知在人间，尚复几日？阿品远官河南^⑲，亦无子女，九族无可继者^⑳。汝死我葬，我死谁埋？汝倘有灵，可能告我^㉑？

① 付梓（zǐ 子）：付印。梓是树名，这里指印刷书籍用的雕板。袁机

遗稿，附印在袁枚《小仓山房全集》之中，题为《素文女子遗稿》。袁枚为其写了跋文。

②作传：袁枚作有《女弟素文传》。

③窀穸（zhūn xī 谆夕）：墓穴。

④先茔（yíng 迎）：祖先的墓地。

⑤宁汝：使你安宁、安息。

⑥阿印：袁机之女阿印，哑而能书。据《女弟素文传》载："女阿印，病瘖，一切人事器物不能音，而能书。"袁枚哭妹诗亦谓："有女空生口，无言但点颐。"

⑦冢（zhǒng 肿）：坟墓。

⑧阿爷：袁枚的父亲袁滨，已于袁枚三十三岁时去世。侍者，这里指妾。

⑨阿兄：哥哥，这里是袁枚自称。陶氏是作者的妾，安徽亳州人。

⑩旷渺：空旷遥远。

⑪望：对着。原隰（xí 习）：平原低湿之地。高而平的地叫原，低下而潮湿的地为隰。

⑫栖霞：栖霞山，又摄山，在南京市东，羊山（阳山）之西。

⑬羁魂：飘泊在外的游魂。因为袁机未葬回祖坟，所以这么说。

⑭戊寅：乾隆二十三年，1758 年。

⑮无男：没有儿子。

⑯两女：袁枚的双生女儿，也是钟氏所生。牙牙——小孩学话的声音。这里说两个女儿还很幼小。

⑰周晬（zuì 最）：周岁。

⑱亲在未敢言老：封建孝道规定，凡父母长辈在世，子女即使老了也不得说老，否则容易使年迈的长辈惊怵于已近死亡，不孝。写这篇文章时，袁枚五十一岁，母亲还健在。

⑲阿品：袁枚的堂弟袁树，字东芗，号芗亭，小名阿品，由进士任河南正阳县县令，当时尚无子女。

⑳九族：指高祖、曾祖、祖父、父亲、本身、儿子、孙子、曾孙和玄孙。这里指血缘关系较近的许多宗属。无可继者：指没有可以传宗接代的人。

㉑可能：能不能。

呜呼！生前既不可想，身后又不可知；哭汝既不闻汝言，奠汝又不见汝食。纸灰飞扬^①，朔风野大，阿兄归矣，犹屡屡回头望汝也。呜呼哀哉！呜呼哀哉！

① 纸灰：纸钱焚烧后留下的灰烬。

登扫叶楼记

[清] 管 同

【题解】管同（1780~1831年），字异之，江苏上元（今南京市）人。清代桐城派后期重要作家，散文笔力健朗，有《因寄轩文集》。扫叶楼在今南京市城西清凉山上，明末清初，著名画家龚贤居此，自号扫叶僧，楼因此而得名。此篇文笔雅洁，因小见大，以白描的手法描绘了登楼所见的"奇胜"之景，继而感叹流俗之"骛远遗近"，抒发对人生行事之议论，体现了较为典型的桐城派"记"体散文的风格特色。

自予归江宁①，爱其山川奇胜，闲尝与客登石头②，历钟阜③，泛舟于后湖④，南极芙蓉、天阙诸峰⑤，而北攀燕子矶⑥，以俯观江流之猛壮。以为江宁奇胜，尽于是矣。或有邀予登览者，辄厌倦，思舍是而他游。

① 江宁，即今南京市。

② 石头，即清凉山，一名石头山。

③ 钟阜：即钟山，又名紫金山，在南京城东。

④ 后湖：即玄武湖，又名北湖，在南京城东北玄武门外。

⑤ 芙蓉：祖堂山主峰。天阙：牛首山（又名天阙山）主峰，皆在今南京南郊江宁区境内。

⑥ 燕子矶：在南京东北郊长江边，矶头屹立江岸，形势险峻，形如飞燕，故而得名。

而四望有扫叶楼①，去吾家不一里，乃未始一至焉。辛酉秋②，金坛王中子访予于家③，语及，因相携以往。是楼起于岑山之巅④，土石秀洁，而旁多大树，山风西来，落木齐下，堆黄叠青，艳若绮绣。及其上登，则近接城市，远挹江岛⑤，烟村云舍，沙鸟风帆，幽旷瑰奇，毕呈于几席。虽乡之所谓奇胜⑥，何以加此⑦？

①四望：扫叶楼所在山，旧名四望矶，逼近石头城。东晋时苏峻占据石头城作乱，温峤于此筑垒与其对抗，见《晋书·温峤传》。

②辛酉：嘉庆六年（1801年）。

③金坛：清县名，今江苏常州市金坛区。

④岑山：小山。

⑤挹（yì邑）：牵引，这里是连接的意思。

⑥乡：同"向"，先前。

⑦加：超过。

凡人之情，骛远而遗近①。盖远则其至必难，视之先重，虽无得而不暇知矣；近则其至必易，视之先轻，虽有得而亦不暇知矣。予之见，每自谓差远流俗②，顾不知奇境即在半里外③，至厌倦思欲远游，则其生平行事之类乎是者，可胜计哉！虽然，得王君而予不终误矣，此古人之所以贵益友与！④

①骛：追逐。

②差：尚且。

③顾：反而，却。

④益友：能增益自己见识、提高人生境界的友人。

民国篇

两都赋（四篇）

张恨水

【题解】张恨水（1895~1967年），原籍安徽安庆潜山县，出生于江西南昌。原名心远，恨水是笔名，取南唐李煜词《相见欢》"自是人生长恨水长东"之意。张恨水是现代著名章回小说家，以作品多产出名，其创作的通俗小说多达一百多部，总字数三千万言，风靡一时。但他亦擅长散文，风格冲淡平和，知者就少得多了。《两都赋》是他的一组散文集，共26篇，1944年8月1日到1945年1月10日连载于重庆《新民报》，其时作者正寓居抗战后方的陪都重庆。这组散文通过对北京、南京二都社会人情、历史沧桑的描摹，忆旧怀往，冲淡温润。这里选录四篇，每篇题目都是一句五言诗，颇有诗情画意。

日暮过秦淮

在秋初我就说秋初。这个时候的南京，马路上的法国梧桐和洋槐，正撑着一柄绿油油的高伞。你如是住在城北住宅区，推开窗户，望见疏落的竹林，在广阔的草地里抹上一片残阳，六点钟将到，半空已没有火焰。走出大门，左右邻居已开始在马路树荫下溜着水泥路面活动。住宅中间，还不免夹着小花园和菜圃，瓜架上垂着一个个大的黄瓜，秋虫在那里弹着夜之前奏，欢迎着行人。空上一件薄薄的绸衫，拿了一柄折扇，顺路踏上中山北路，漆着鱼白色的流线型公共汽车，在树荫下光滑的路上停着。你不用排班，更不用争先恐后，可以摇着你手上那柄折扇，缓缓地上车，车中很少没有座位。座椅铺着橡皮椅垫，下面长弹簧，舒适而干净，不少于你家的沙发。花上一角大洋，你是到扬子江边去兜风呢，还是到秦淮河畔去听曲呢？你爱上哪儿就上哪儿。

我不讳言，十次出门有九次是奔城南，也不光为了报社在那儿，新街口有冷气设备的电影院，花牌楼堆着鲜红滴翠的水果公司，那都够吸引人。尤其是秦淮河畔的夫子庙，我的朋友，几乎是"每日更忙须一至，夜深还自点灯来"，总会有机会让你在这里会面。碰头的地点，大概常常是馆子里的河厅。有时是新闻圈外的人作主，有时我们也自行聚餐。你别以为这是浪费，在老万全喝啤酒吃的地道南京菜，七八个人不过每人两元的份子。酒醉饭饱，躺在河厅栏杆边的藤椅上，喝着茶嗑着瓜子，迎水风之徐徐，望银河之耿耿，桃叶渡不一定就是古时的桃叶渡，也就够轻松一下子的了。

我们别假惺惺装道学，十个上夫子庙的人，至少有七八个与歌女为友，不过很少人自写供状罢了。南京的歌女，是挂上一块艺人的牌子的，她们当然懂得什么是宣传。所以新闻记者的约会，她们是"惠然肯来"。电炬通明，电扇摇摇之下，她们穿着落红纱衫子，带着一阵浓厚的花香，笑着粉红的脸子，三三两两，加入我们的酒座。我们多半极熟，随便谈着话，还是"舄履交错"。尽管良心在说，难道真打算作个《桃花扇》里人？但是我没有逃席。

九点多钟了，大家出了酒馆，红蓝的霓虹灯光下走上夫子庙前这条街，听着两边的高楼上，弦索鼓板喧闹着歌女的清唱；看到夜咖啡座的门前，一对对的男女出入，脸上涌出没有灵魂的笑，陶醉在温柔乡里，我们敏感的新闻记者，自也有些不怎么舒适似的。然而我们也不免有时走进大鼓书场，听几段大鼓，或在附近露天花园，打上一盘弹子，一混就是十二点钟。原样的公共汽车，已在站上等候，点着雪亮的车灯，又把你送回城北。那时凉风习习，清露满空，绸衫子已挡不住凉，人像在洗冷水澡。住宅区四周的秋虫，在灯光不及处一齐喧鸣，欢迎你在树的阴影下敲着家门。这样的生活，自然没有炎热，也有点像走进了《板桥杂记》。于今回想起来，不能不说一声罪过。自然别人的生活，比这过得更舒适的，而又不忏悔，我们也无法勉强他。

顽箩幽古巷

我在南京时，住在城北。因为城北的疏旷、干燥、爽达，比较适于我的性情。虽然有些地方过分的欧化（其实是上海化），为了是城市山林的环境，尚无大碍。我们有一部分朋友，却是爱城南住城南的。还记得有两次，慧剑兄在《朝副》上，发表过门东门西专刊，字里行间，憧憬着过去的旧街旧巷，大有诗意。因此，我也常为着这点诗意，特地去拜访城南朋友。还有两次，发了傻劲，请道地南京文人张萍庐兄导引，我游城南冷街两整天。我觉得不是雨淋泥滑，在秋高气爽之下，那些冷巷的确也能给予我们一种文艺性的欣赏。

我必须声明，这欣赏绝不是六代豪华遗迹，也不是六朝烟水气。它是荒落、冷静、萧疏、古老、冲淡、纤小、悠闲。许许多多，与物质文明巨浪吞蚀了的大半个南京处处对照，对照得让人感到十分有趣。我们越过秦淮河，把那些王谢燕子所迷恋的桃叶渡乌衣巷，抛在顶后面（那里已是一团糟，词章里再不能用任何一个美丽的字样去形容了）。虽在青天白日之下，整条的巷子，会看不到十个以上的行人（这是绝对的），房子还保守了朱明的建筑制度，矮矮的砖墙，黑黑的瓦脊，一字门楼儿半掩半开着，夹巷对峙。巷子里有些更矮更小的屋子，那或者是小油盐杂货店，或者是卖热水的老虎灶，那是这种地方唯一动乱着而有功利性斗争的所在。但恰巧巷口上就有一所关着大门的古庙，淡红色的墙头，伸出不多枝叶的老树干，冲淡了这功利气氛。

这里的巷子，老是那么窄小，一辆黄包车，就塞满了三分之二的宽度，可是它又很长，在巷这头不会看到巷那头。大都是鹅卵石铺了地面，中间一条青石板行人路，便利着穿布鞋的中国人。更往南一路，人家更见疏落，处处有倒塌了屋基的敞地，那里乱长着一片青草。可是它繁华过的，也许是明朝士大夫宅第，也许是太平天国的王府。在这废基后面，兀立着一棵古槐，上面有三五只鸦雀噪叫着，更显得这里有点兴亡意味。

有一次我去白鹭洲，走错了方向，踏上了向门西的一条古巷。两旁只有四五个紧闭了的一字门。乱砖砌的墙，夹了这巷子微弯着。两面墙头上密密层层地盖住了苍绿叶子的藤蔓，在巷头上相接触。藤萝的杆子，其粗如臂，可知道它老而顽固。那藤蔓又不整齐，沿了墙长长短短向下垂着，阻碍着行人衣帽。大概是这里很少行人的缘故，到墙脚下的青苔向上铺展，直绿到墙半腰。有些墙下，长着整丛的野草，却与行人路上石板缝里的青草相连。这样，这巷子更显得幽深了，这里虽没有一棵树、一枝花及任何风景陪衬，但我在这里徘徊了二十分钟。

碗底有沧桑

"上夫子庙吃茶"（读作错平声），这是南京人趣味之一。谈起真正的吃茶趣味，要早，真要夫子庙畔，还要指定是奇芳阁、六朝居这四五家茶楼。你若是个要睡早觉的人，被朋友们拉上夫子庙去吃回茶，你真会感到得不偿失。可是有人去惯了，每早不去吃二三十分钟茶，这一天也不会舒服，这就是我上篇《风檐尝烤肉》的话，这就是趣味吗！

这里单说奇芳阁吧，那是我常去的地方，我也只有这里最熟。这一家茶楼，面对了秦淮河（不管秦淮碧或黑，反正字面是美的），隔壁是夫子庙前广场，是个热闹中心点。无论你去得多么早，这茶楼上下，已是人声哄哄，高朋满座。我大概到的时候，是八点钟前，七点钟后，那一二班吃茶的人，已经过瘾走了。这里面有公务员与商人，并未因此而误他的工作，这是南京人吃茶的可取点。我去时当然不止一个人踏着那涂满了"脚底下泥"的大板梯，上那片敞楼。在桌子缝里转个弯，奔上西角楼的突出处，面对了楼下的夫子庙坐下。始而因朋友关系，无所谓来这里，去过三次，就硬是非这里不坐。四方一张桌子，漆是剥落了，甚至中间还有一条缝呢。桌子有的是茶碗碟子，瓜子壳，花生皮，烟卷头，茶叶渣，那没关系。过来一位茶博士，风卷残云，把这些东西搬了走，肩上抽下一条抹布，立刻将桌面扫荡干净。他左手抱了一叠茶碗，还连盖带茶托，右手提了把大锡壶来。碗分散在各人前，开水冲下碗去，一阵热气，送进一阵茶香，立刻将碗盖上，这是趣味的开始。桌子周围有的是长板凳方几子，随便拖了来坐，就是很少靠背椅，躺椅是绝对没有。这是老板整你，让你不能太舒服而忘返了。你若是个老主顾，茶博士把你每天所喝的那把壶送过来，另外找个杯子，这壶完全是你所有。不论是素的，彩花的，瓜式的，马蹄式的，甚至缺了口用铜包着的，绝对不卖给第二人。随着是瓜子盐花生，糖果纸烟篮，水果篮，有人纷纷的提着来揽生意，卖酱牛肉的，背着玻璃格子，还带了精致的小菜刀与小砧板，"来六个铜板的。"座上有人说。他把小砧板放在桌上，和你切了若干片，用纸片托着，撒上些花椒盐。此外，有我们永远不会照顾的报贩子，自会送来几份报。有我们永远不照顾的眼镜贩或带子贩钢笔贩，他们冷眼的擦身过去，于是桌上放满了花生瓜子纸烟等类了，这是趣味的继续。

这里有点心牛肉锅贴，菜包子，各种汤面，茶博士一批批送来。然后说起价钱，你会不相信每大碗面，七分而已。还有小干丝，只五分钱。熟的茶房，肯跑一趟路，替你买两角钱的烧鸭，用小锅再煮一煮。这是什么天堂生活！

我不能再写了，多写只是添我伤感。我们每次可以在这里会到所要会的朋友，并可以在这里商决许多事业问题，所耗费的时间是半小时上下，金钱是一元上下，这比万元请客一次，其情况怎样呢？在后方遇到南京朋友，也会拉上小茶馆吃那毫无陪衬的沱茶，可是一谈起夫子庙，看着茶碗，大家就黯然了。

听说奇芳阁烧掉之后，又重建了。老朋友说："回到南京的第二天早上，我们就在那里会面吧！""好的！"可是分散日子太久，有些老朋友已经永远不能见面了。

窥窗山是画

南京是个城市山林，所以袁才子有"爱住金陵为六朝"的句子。若说住金陵为的是六朝那种江南靡靡不振的风气，那我们自然是未敢苟同；但说此地龙盘虎踞之下，还依然秀丽可爱，却实在还不愧是世界上一个名都。就我所写的两都本身而言（这里不涉及政治问题），北平以人为胜，金陵以天然胜；北平以壮丽胜，金陵以纤秀胜，各有千秋。在北平楼居，打开窗子来，是一带远山，几行疏柳，这种现象，除了繁华市区中心，为他家楼门所阻碍（南京尤甚），其余地点，均无例外。我住在南京城北，城北是旷地较多的所在，虽然所居是上海弄堂式的洋楼，却喜我书房的两层洋窗之外，并无任何遮盖。近处有几口池塘，围着塘岸，都有极大的垂柳，把我所讨厌看到的那些江南旧式黑瓦屋脊，全掩饰了。杨柳头上便是东方的钟山，处处的在白云下面横拖了一道青影。紫金山那峰顶，是这一列青影的最高处，正伸了头向我窗子里窥探。我每当工作疲倦了，手里捧着一杯新泡的茶，靠着窗口站着，闲闲地远望，很可轻松一阵，恢复精神的健康。

南京城里北一段，本是丘陵地带，东角由鸡鸣寺顺了玄武湖北上，经过太平门直到下关。西边又由挹江门南下，逶迤成了清凉山、小仓山。

所以由新街口以北，是完全环抱在丘陵里的一块盆地。在中山北路来往的人，他们为了新的建筑所迷惑，已不见这地形了。我有两个朋友住在新住宅迤北，中山北路偏西，房子面对着清凉古道，北靠了清凉山的北麓，乃是建筑巨浪所未吞噬及未洋化的一角落，而又保留着六朝佳丽面目的。我去过几回，我羡慕他们，真能享受到南京的好处。只可惜它房子本身却也欧化了而已。这里是个不高的土山，草木葱茏，须穿过木槿花作篱笆，鹅卵石地面的一条人行道。路外是小溪，是菜园，是竹林，随时可以听到鸟叫，最妙的，就是他们家三面开窗，两面对远山，一面靠近山。近山的竹树和藤萝，把他们屋子都映绿了。远山却是不分晴雨，都隐约在面前树林上。那主人夸耀着说："我屋子里不用挂山水画，而且是活的书，随时有云和月点缀了成别一种姿势。"这话实在也不假。我曾计划着苦卖三年的文字，在这里盖一所北平式的房屋，快活下半辈子，不想终于是一个梦。

在"八一三"后，南京已完全笼罩在战争气氛下，我还到这里来过一趟。由黄叶小树林子下穿出，走着那一条石缝里长出青草的人行长道，路边菜圃短篱上，扁豆花和牵牛花或白或红或蓝，幽静地开着。路头丛树下，有一所过路亭，附着一座小庙，红门板也静静地掩闭在树荫下，路上除了我和同伴，一直向前，卧着一条卵石路，并无行人。我正诧异着感不到火药气，亭子里出来一个摩登少妇，手牵了一个小孩，凝望着树头上的远山（她自然是疏散到此的）。原来半小时前，敌机二十余架，正自那个方向袭来呢。一直到现在，我想到清凉古道上朋友之家，我就想到那个不调和的人和地。窗外的远山呀！你现在是谁家的画？

桨声灯影里的秦淮河

朱自清

【题解】朱自清（1898~1948年），字佩弦。中国现代散文家、诗人、学者。原籍浙江绍兴，出生于江苏东海，后随祖父、父亲定居扬州。自1928年出版第一本散文集《背影》以来，朱自清就以散文家的形象，屹立于现代文学史上。1923年8月，盛夏的一天夜里，朱自清与好友俞平伯一起，同游秦淮河。这两位经历了五四新文化运动洗礼的年轻人，面对着这条既闪耀着旧文化幽光、也沉淀着旧文化积垢的秦淮河，面对着桨声灯影等种种见闻，不能不感慨惆怅，内心涌起复杂的感受。游程结束之后，他们写下了同题散文，表达出各自不同的观察与感受。朱自清这一篇文章，虽然写于兹游之后二个月，仍然鲜活饱满地再现了当时的视听记忆，细腻而敏锐地捕捉到了秦淮河上各种不同的声音与光影，准确地抒发出夹杂着兴奋、紧张、思慕和怅惘等复杂感受的情境，体现出朱自清散文缜密细致的一贯特色。

一九二三年八月的一晚，我和平伯同游秦淮河；平伯是初泛，我是重来了。我们雇了一只"七板子"，在夕阳已去，皎月方来的时候，便下了船。于是桨声汩——汩，我们开始领略那晃荡着蔷薇色的历史的秦淮河的滋味了。

秦淮河里的船，比北京万牲园、颐和园的船好，比西湖的船好，比扬州瘦西湖的船也好。这几处的船不是觉着笨，就是觉着简陋、局促；都不能引起乘客们的情韵，如秦淮河的船一样。秦淮河的船约略可分为两种：一是大船；一是小船，就是所谓"七板子"。大船舱口阔大，可容二三十人。里面陈设着字画和光洁的红木家具，桌上一律嵌着冰凉的大理石面。窗格雕镂颇细，使人起柔腻之感。窗格里映着红色蓝色的玻璃；玻璃上有精致的花纹，也颇悦人目。"七板子"规模虽不及大船，但那淡蓝色的栏干，空敞的舱，也足系人情思。而最出色处却在它的舱前。舱前是甲板上的一部。上面有弧形的顶，两边用疏疏的栏干支着。

里面通常放着两张藤的躺椅。躺下，可以谈天，可以望远，可以顾盼两岸的河房。大船上也有这个，便在小船上更觉清隽罢了。舱前的顶下，一律悬着灯彩；灯的多少，明暗，彩苏的精粗，艳晦，是不一的。但好歹总还你一个灯彩。这灯彩实在是最能钩人的东西。夜幕垂垂地下来时，大小船上都点起灯火。从两重玻璃里映出那辐射着的黄黄的散光，反晕出一片朦胧的烟霭；透过这烟霭，在黯黯的水波里，又逗起缕缕的明漪。在这薄霭和微漪里，听着那悠然的间歇的桨声，谁能不被引入他的美梦去呢？只愁梦太多了，这些大小船儿如何载得起呀？我们这时模模糊糊的谈着明末的秦淮河的艳迹，如《桃花扇》及《板桥杂记》里所载的。我们真神往了。我们仿佛亲见那时华灯映水，画舫凌波的光景了。于是我们的船便成了历史的重载了。我们终于恍然秦淮河的船所以雅丽过于他处，而又有奇异的吸引力的，实在是许多历史的影象使然了。

秦淮河的水是碧阴阴的；看起来厚而不腻，或者是六朝金粉所凝么？我们初上船的时候，天色还未断黑，那漾漾的柔波是这样的恬静，委婉，使我们一面有水阔天空之想，一面又憧憬着纸醉金迷之境了。等到灯火明时，阴阴的变为沉沉了：黯淡的水光，像梦一般；那偶然闪烁着的光芒，就是梦的眼睛了。我们坐在舱前，因了那隆起的顶棚，仿佛总是昂着首向前走着似的；于是飘飘然如御风而行的我们，看着那些自在的湾泊着的船，船里走马灯般的人物，便像是下界一般，迢迢的远了，又像在雾里看花，尽朦朦胧胧的。这时我们已过了利涉桥，望见东关头了。沿路听见断续的歌声：有从沿河的妓楼飘来的，有从河上船里度来的。我们明知那些歌声，只是些因袭的言词，从生涩的歌喉里机械的发出来的；但它们经了夏夜的微风的吹漾和水波的摇拂，袅娜着到我们耳边的时候，已经不单是她们的歌声，而混着微风和河水的密语了。于是我们不得不被牵惹着，震撼着，相与浮沉于这歌声里了。从东关头转湾，不久就到大中桥。大中桥共有三个桥拱，都很阔大，俨然是三座门儿；使我们觉得我们的船和船里的我们，在桥下过去时，真是太无颜色了。桥砖是深褐色，表明它的历史的长久；但都完好无缺，令人太息于古昔工程的坚美。桥上两旁都是木壁的房子，中间应该有街路？这些房子都破旧了，多年烟熏的迹，遮没了当年的美丽。我想象秦淮河的极盛时，在这样宏阔的桥上，特地盖了房子，必然是髹漆得富富丽丽的；晚间必然是灯火通明的。现在却只剩下一片黑沉沉！但是桥上造着房子，毕竟使我们多少可以想见往日的繁华；这也慰情聊胜无了。过了大中桥，便到了灯月交辉，笙歌彻夜的秦淮河；这才是秦淮河的真面目哩。

大中桥外，顿然空阔，和桥内两岸排着密密的人家的大异了。一眼望去，疏疏的林，淡淡的月，衬着蓝蔚的天，颇像荒江野渡光景；那边呢，郁丛丛的，阴森森的，又似乎藏着无边的黑暗：令人几乎不信那是繁华的秦淮河了。但是河中眩晕着的灯光，纵横着的画舫，悠扬着的笛韵，夹着那吱吱的胡琴声，终于使我们认识绿如茵陈酒的秦淮水了。此地天裸露着的多些，故觉夜来的独迟些；从清清的水影里，我们感到的只是薄薄的夜——这正是秦淮河的夜。大中桥外，本来还有一座复成桥，是船夫口中的我们的游踪尽处，或也是秦淮河繁华的尽处了。我的脚曾踏过复成桥的脊，在十三四岁的时候。但是两次游秦淮河，却都不曾见着复成桥的面；明知总在前途的，却常觉得有些虚无缥缈似的。我想，不见倒也好。这时正是盛夏。我们下船后，借着新生的晚凉和河上的微风，暑气已渐渐销散；到了此地，豁然开朗，身子顿然轻了——习习的清风荏苒在面上，手上，衣上，这便又感到了一缕新凉了。南京的日光，大概没有杭州猛烈；西湖的夏夜老是热蓬蓬的，水像沸着一般，秦淮河的水却尽是这样冷冷地绿着。任你人影的幢幢，歌声的扰扰，总像隔着一层薄薄的绿纱面幂似的；它尽是这样静静的，冷冷的绿着。我们出了大中桥，走不上半里路，船夫便将船划到一旁，停了桨由它宕着。他以为那里正是繁华的极点，再过去就是荒凉了；所以让我们多多赏鉴一会儿。他自己却静静的蹲着。他是看惯这光景的了，大约只是一个无可无不可。这无可无不可，无论是升的沉的，总之，都比我们高了。

那时河里闹热极了；船大半泊着，小半在水上穿梭似的来往。停泊着的都在近市的那一边，我们的船自然也夹在其中。因为这边略略的挤，便觉得那边十分的疏了。在每一只船从那边过去时，我们能画出它的轻轻的影和曲曲的波，在我们的心上；这显着是空，且显着是静了。那时处处都是歌声和凄厉的胡琴声，圆润的喉咙，确乎是很少的。但那生涩的，尖脆的调子能使人有少年的，粗率不拘的感觉，也正可快我们的意。

况且多少隔开些儿听着，因为想象与渴慕的做美，总觉更有滋味；而竞发的喧嚣，抑扬的不齐，远近的杂沓，和乐器的嘈嘈切切，合成另一意味的谐音，也使我们无所适从，如随着大风而走。这实在因为我们的心枯涩久了，变为脆弱；故偶然润泽一下，便疯狂似的不能自主了。但秦淮河确也腻人。即如船里的人面，无论是和我们一堆儿泊着的，无论是从我们眼前过去的，总是模模糊糊的，甚至渺渺茫茫的；任你张圆了眼睛，揩净了眦垢，也是枉然。这真够人想呢。在我们停泊的地方，灯光原是纷然的；不过这些灯光都是黄而有晕的。黄已经不能明了，再加上了晕，便更不成了。灯愈多，晕就愈甚；在繁星般的黄的交错里，秦淮河仿佛笼上了一团光雾。光芒与雾气腾腾的晕着，什么都只剩了轮廓了；所以人面的详细的曲线，便消失于我们的眼底了。但灯光究竟夺不了那边的月色；灯光是浑的，月色是清的，在浑沌的灯光里，渗入了一派清辉，却真是奇迹！那晚月儿已瘦削了两三分。她晚妆才罢，盈盈的上了柳梢头。天是蓝得可爱，仿佛一汪水似的；月儿便更出落得精神了。岸上原有三株两株的垂杨树，淡淡的影子，在水里摇曳着。它们那柔细的枝条浴着月光，就像一支支美人的臂膊，交互的缠着，挽着；又像是月儿披着的发。而月儿偶然也从它们的交叉处偷偷窥看我们，大有小姑娘怕羞的样子。岸上另有几株不知名的老树，光光的立着；在月光里照起来。却又俨然是精神矍铄的老人。远处——快到天际线了，才有一两片白云，亮得现出异彩，像美丽的贝壳一般。白云下便是黑黑的一带轮廓；是一条随意画的不规则的曲线。这一段光景，和河中的风味大异了。但灯与月竟能并存着，交融着，使月成了缠绵的月，灯射着渺渺的灵辉；这正是天之所以厚秦淮河，也正是天之所以厚我们了。

　　这时却遇着了难解的纠纷。秦淮河上原有一种歌妓，是以歌为业的。从前都在茶舫上，唱些大曲之类。每日午后一时起；什么时候止，却忘记了。晚上照样也有一回。也在黄晕的灯光里。我从前过南京时，曾随着朋友去听过两次。因为茶舫里的人脸太多了，觉得不大适意，终于听不出所以然。前年听说歌妓被取缔了，不知怎的，颇涉想了几次——却想不出什么。这次到南京，先到茶舫上去看看，觉得颇是寂寥，令我无端的怅怅了。不料她们却仍在秦淮河里挣扎着，不料她们竟会纠缠到我们，我于是很张皇了。她们也乘着"七板子"，她们总是坐在舱前的。舱前点着石油汽灯，光亮眩人眼目：坐在下面的，自然是纤毫毕见了——引诱客人们的力量，也便在此了。舱里躲着乐工等人，映着汽灯的余辉蠕动着；他们是永远不被注意的。每船的歌妓大约都是二人；天色一黑。她们的船就在大中桥外往来不息的兜生意。无论行着的船，泊着的船，都要来兜揽的。这都是我后来推想出来的。那晚不知怎样，忽然轮着我们的船了。我们的船好好的停着，一只歌舫划向我们来的；渐渐和我们的船并着了。铄铄的灯光逼得我们皱起了眉头；我们的风尘色全给它托出来了，这使我踟蹰不安了。那时一个伙计跨过船来，拿着摊开的歌折，就近塞向我的手里，说，"点几出吧"！他跨过来的时候，我们船上似乎有许多眼光跟着。同时相近的别的船上也似乎有许多眼睛炯炯的向我们船上看着。我真窘了！我也装出大方的样子，向歌妓们瞥了一眼，但究竟是不成的！我勉强将那歌折翻了一翻，却不曾看清了几个字；便赶紧递还那伙计，一面不好意思地说，"不要，我们……不要。"他便塞给平伯。平伯掉转头去，摇手说，"不要！"那人还腻着不走。平伯又回过脸来，摇着头道，"不要！"于是那人重到我处。我窘着再拒绝了他。他这才有所不屑似的走了。我的心立刻放下，如释了重负一般。我们就开始自白了。

我说我受了道德律的压迫，拒绝了她们；心里似乎很抱歉的。这所谓抱歉，一面对于她们，一面对于我自己。她们于我们虽然没有很奢的希望；但总有些希望的。我们拒绝了她们，无论理由如何充足，却使她们的希望受了伤；这总有几分不做美了。这是我觉得怅怅的。至于我自己，更有一种不足之感。我这时被四面的歌声诱惑了，降服了；但是远远的，远远的歌声总仿佛隔着重衣搔痒似的，越搔越搔不着痒处。我于是憧憬着贴耳的妙音了。在歌舫划来时，我的憧憬，变为盼望；我固执的盼望着，有如饥渴。虽然从浅薄的经验里，也能够推知，那贴耳的歌声，将剥去了一切的美妙；但一个平常的人像我的，谁愿凭了理性之力去丑化未来呢？我宁愿自己骗着了。不过我的社会感性是很敏锐的；我的思力能拆穿道德律的西洋镜，而我的感情却终于被它压服着，我于是有所顾忌了，尤其是在众目昭彰的时候。道德律的力，本来是民众赋予的；在民众的面前，自然更显出它的威严了。我这时一面盼望，一面却感到了两重的禁制：

一，在通俗的意义上，接近妓者总算一种不正当的行为；

二，妓是一种不健全的职业，我们对于她们，应有哀矜勿喜之心，不应赏玩的去听她们的歌。

在众目睽睽之下，这两种思想在我心里最为旺盛。她们暂时压倒了我的听歌的盼望，这便成就了我的灰色的拒绝。那时的心实在异常状态中，觉得颇是昏乱。歌舫去了，暂时宁靖之后，我的思绪又如潮涌了。两个相反的意思在我心头往复：卖歌和卖淫不同，听歌和狎妓不同，又干道德甚事？——但是，但是，她们既被逼的以歌为业，她们的歌必无艺术味的；况她们的身世，我们究竟该同情的。所以拒绝倒也是正办。但这些意思终于不曾撇开我的听歌的盼望。它力量异常坚强；它总想将别的思绪踏在脚下。从这重重的争斗里，我感到了浓厚的不足之感。这不足之感使我的心盘旋不安，起坐都不安宁了。唉！我承认我是一个自私的人！平伯呢，却与我不同。他引周启明先生的诗，"因为我有妻子，所以我爱一切的女人，因为我有子女，所以我爱一切的孩子。"（原诗是，"我为了自己的儿女才爱小孩子，为了自己的妻才爱女人"，见《雪朝》第48页。）

他的意思可以见了。他因为推及的同情，爱着那些歌妓，并且尊重着她们，所以拒绝了她们。在这种情形下，他自然以为听歌是对于她们的一种侮辱。但他也是想听歌的，虽然不和我一样，所以在他的心中，当然也有一番小小的争斗；争斗的结果，是同情胜了。至于道德律，在他是没有什么的；因为他很有蔑视一切的倾向，民众的力量在他是不大觉着的。这时他的心意的活动比较简单，又比较松弱，故事后还怡然自若；我却不能了。这里平伯又比我高了。

在我们谈话中间，又来了两只歌舫。伙计照前一样的请我们点戏，我们照前一样的拒绝了。我受了三次窘，心里的不安更甚了。清艳的夜景也为之减色。船夫大约因为要赶第二趟生意，催着我们回去；我们无可无不可的答应了。我们渐渐和那些晕黄的灯光远了，只有些月色冷清清的随着我们的归舟。我们的船竟没个伴儿，秦淮河的夜正长哩！到大中桥近处，才遇着一只来船。这是一只载妓的板船，黑漆漆的没有一点光。船头上坐着一个妓女；暗里看出，白地小花的衫子，黑的下衣。她手里拉着胡琴，口里唱着青衫的调子。她唱得响亮而圆转；当她的船箭一般驶过去时，余音还袅袅的在我们耳际，使我们倾听而向往。想不到在弩末的游踪里，还能领略到这样的清歌！这时船过大中桥了，森森的水影，如黑暗张着巨口，要将我们的船吞了下去，我们回顾那渺渺的黄光，不胜依恋之情；我们感到了寂寞了！这一段地方夜色甚浓，又有两头的灯火招邀着；桥外的灯火不用说了，过了桥另有东关头疏疏的灯火。我们忽然仰头看见依人的素月，不觉深悔归来之早了！走过东关头，有一两只大船湾泊着，又有几只船向我们来着。嚣嚣的一阵歌声人语，仿佛笑我们无伴的孤舟哩。东关头转湾，河上的夜色更浓了；临水的妓楼上，时时从帘缝里射出一线一线的灯光；仿佛黑暗从酣睡里眨了一眨眼。我们默然的对着，静听那泪——汩的桨声，几乎要入睡了；朦胧里却温寻着适才的繁华的余味。我那不安的心在静里愈显活跃了！这时我们都有了不足之感，而我的更其浓厚。我们却又不愿回去，于是只能由懊悔而怅惘了。船里便满载着怅惘了。直到利涉桥下，微微嘈杂的人声，才使我豁然一惊；那光景却又不同。右岸的河房里，都大开了窗户，里面亮着晃晃的电灯，电灯的光射到水上，蜿蜒曲折，闪闪不息，正如跳舞着的仙女的臂膊。我们的船已在她的臂膊里了；如睡在摇篮里一样，倦了的我们便又入梦了。那电灯下的人物，只觉像蚂蚁一般，更不去萦念。这是最后的梦；可惜是最短的梦！黑暗重复落在我们面前，我们看见傍岸的空船上一星两星的，枯燥无力又摇摇不定的灯光。我们的梦醒了，我们知道就要上岸了；我们心里充满了幻灭的情思。

一九二三年十月十一日作完，于温州。

桨声灯影里的秦淮河

俞平伯

【题解】俞平伯（1900~1990 年）现代著名作家、诗人、学者。浙江德清人。1919 年毕业于北京大学，先后在燕京大学、清华大学、北京大学等校任教多年，1952 年起任中国科学院文学研究所研究员。与朱自清那篇同题散文不同，俞平伯这篇散文写于这次游河的当月，时间距离那个夜晚较近。在风格上，这两篇同题散文也有不同。朱自清的风格细腻缜密，俞平伯的风格则柔婉清幽。俞平伯更多、也更自觉地调用古典诗词中的辞藻，使其行文洋溢着古典的风采。总之，这两篇散文各有千秋，都有很高的水准，都堪称两位作家的散文代表作。而且，两个年轻作家的秦淮夜游及其同题创作，不仅为中国现代文学史留下一段佳话，也为南京文化尤其是秦淮文化留下了一段佳话。

我们消受得秦淮河上的灯影，当圆月犹皎的仲夏之夜。

在茶店里吃了一盘豆腐干丝，两个烧饼之后，以歪歪的脚步踅上夫子庙前停泊着的画舫，就懒洋洋躺到藤椅上去了。好郁蒸的江南，傍晚也还是热的。"快开船罢！"桨声响了。

小的灯舫初次在河中荡漾；于我，情景是颇朦胧，滋味是怪羞涩的。我要错认它作七里的山塘；可是，河房里明窗洞启，映着玲珑入画的曲栏干，顿然省得身在何处了。佩弦呢，他已是重来，很应当消释一些迷惘的。但看他太频繁地摇着我的黑纸扇。胖子是这个样怯热的吗？

又早是夕阳西下，河上妆成一抹胭脂的薄媚。是被青溪的姊妹们所薰染的吗？还是匀得她们脸上的残脂呢？寂寂的河水，随双桨打它，终是没言语。密匝匝的绮恨逐老去的年华，已都如蜜饧似的融在流波的心窝里，连呜咽也将嫌它多事，更哪里论到哀嘶。心头，宛转的凄怀；口内，徘徊的低唱；留在夜夜的秦淮河上。

在利涉桥边买了一匣烟，荡过东关头，渐荡出大中桥了。船儿悄悄地穿出连环着的三个壮阔的涵洞，青溪夏夜的韶华已如巨幅的画豁然而抖落。哦！凄厉而繁的弦索，颤岔而涩的歌喉，杂着吓哈的笑语声，劈拍的竹牌响，更能把诸楼船上的华灯彩绘，显出火样的鲜明，火样的温煦了。小船儿载着我们，在大船缝里挤着，挨着，抹着走。它忘了自己也是今宵河上的一星灯火。

既踏进所谓"六朝金粉气"的销金锅，谁不笑笑呢！今天的一晚，且默了滔滔的言说，且舒了恻恻的情怀，暂且学着，姑且学着我们平时认为在醉里梦里的他们的憨痴笑语。看！初上的灯儿们一点点掠剪柔腻的波心，梭织地往来，把河水都皱得微明了。纸薄的心旌，我的，尽无休息地跟着它们飘荡，以致于怦怦而内热。这还好说什么的！如此说，诱惑是诚然有的，且于我已留下不易磨灭的印记。至于对榻的那一位先生，自认曾经一度摆脱了纠缠的他，其辩解又在何处？这实在非我所知。

我们，醉不以涩味的酒，以微漾着，轻晕着的夜的风华。不是什么欣悦，不是什么慰藉，只感到一种怪陌生，怪异样的朦胧。朦胧之中似乎胎孕着一个如花的笑——这么淡，那么淡的倩笑。淡到已不可说，已不可拟，且已不可想；但我们终久是眩晕在它离合的神光之下的。我们没法使人信它是有，我们不信它是没有。勉强哲学地说，这或近于佛家的所谓"空"，既不当鲁莽说它是"无"，也不能径直说它是"有"。或者说"有"是有的，只因无可比拟形容那"有"的光景；故从表面看，与"没有"似不生分别。若定要我再说得具体些：譬如东风初劲时，直上高翔的纸鸢，牵线的那人儿自然远得很了，知她是哪一家呢？但凭那鸢尾一缕飘绵的彩线，便容易揣知下面的人寰中，必有微红的一双素手，卷起轻绡的广袖，牢担荷小纸鸢儿的命根的。飘翔岂不是东风的力，又岂不是纸鸢的含德；但其根株却将另有所寄。请问，这和纸鸢的省悟与否有何关系？故我们不能认笑是非有，也不能认朦胧即是笑。我们定应当如此说，朦胧里胎孕着一个如花的幻笑，和朦胧又互相混融着的；因它本来是淡极了，淡极了这么一个。

漫题那些纷烦的话，船儿已将泊在灯火的丛中去了。对岸有盏跳动的汽油灯，佩弦便硬说它远不如微黄的灯火。我简直没法和他分证那是非。

时有小小的艇子急忙忙打桨，向灯影的密流里横冲直撞。冷静孤独的油灯映见黯淡久的画船头上，秦淮河姑娘们的靓妆。茉莉的香，白兰花的香，脂粉的香，纱衣裳的香……微波泛滥出甜的暗香，随着她们那些船儿荡，随着我们这船儿荡，随着大大小小一切的船儿荡。有的互相笑语，有的默然不响，有的衬着胡琴亮着嗓子唱。一个，三两个，五六七个，比肩坐在船头的两旁，也无非多添些淡薄的影儿葬在我们的心上——太过火了，不至于罢，早消失在我们的眼皮上。谁都是这样急忙忙的打着桨，谁都是这样向灯影的密流里冲着撞；又何况久沉沦的她们，又何况飘泊惯的我们俩。当时浅浅的醉，今朝空空的惆怅；老实说，咱们萍泛的绮思不过如此而已，至多也不过如此而已。你且别讲，你且别想！这无非是梦中的电光，这无非是无明的幻相，这无非是以零星的火种微炎在大欲的根苗上。扮戏的咱们，散了场一个样，然而，上场锣，下场锣，天天忙，人人忙。看！吓！载送女郎的艇子才过去，货郎担的小船不是又来了？一盏小煤油灯，一舱的什物，他也忙得来象手里的摇铃，这样丁冬而郎当。

杨枝绿影下有条华灯璀璨的彩舫在那边停泊。我们那船不禁也依傍短柳的腰肢，欹侧地歇了。游客们的大船，歌女们的艇子，靠着。唱的拉着嗓子；听的歪着头，斜着眼，有的甚至于跳过她们的船头。如那时有严重些的声音，必然说："这哪里是什么旖旎风光！"咱们真是不知道，只模糊地觉着在秦淮河船上板起方正的脸是怪不好意思的。咱们本是在旅馆里，为什么不早早入睡，掂着牙儿，领略那"卧后清宵细细长"；而偏这样急急忙忙跑到河上来无聊浪荡？

还说那时的话，从杨柳枝的乱鬓里所得的境界，照规矩，外带三分风华的。况且今宵此地，动荡着有灯火的明姿。况且今宵此地，又是圆月欲缺未缺，欲上未上的黄昏时候。叮当的小锣，伊轧的胡琴，沉填的大鼓……弦吹声腾沸遍了三里的秦淮河。喳喳嚷嚷的一片，分不出谁是谁，分不出那儿是那儿，只有整个的繁喧来把我们包填。仿佛都抢着说笑，这儿夜夜尽是如此的，不过初上城的乡下老是第一次呢。真是乡下人，真是第一次。

穿花蝴蝶样的小艇子多到不和我们相干。货郎担式的船，曾以一瓶汽水之故而拢近来，这是真的。至于她们呢，即使偶然灯影相偎而切掠过去，也无非瞧见我们微红的脸罢了，不见得有什么别的。可是，夸口早哩！——来了，竟向我们来了！不但是近，且拢着了。船头傍着，船尾也傍着；这不但是拢着，且并着了。厮并着倒还不很要紧，且有人扑冬地跨上我们的船头了。这岂不大吃一惊！幸而来的不是姑娘们，还好。（她们正冷冰冰地在那船头上。）来人年纪并不大，神气倒怪狡猾，把一扣破烂的手折，摊在我们眼前，让细瞧那些戏目，好好儿点个唱。他说："先生，这是小意思。"诸君，读者，怎么办？

好，自命为超然派的来看榜样！两船挨着，灯光愈皎，见佩弦的脸又红起来了。那时的我是否也这样？这当转问他。（我希望我的镜子不要过于给我下不去。）老是红着脸终久不能打发人家走路的，所以想个法子在当时是很必要。说来也好笑，我的老调是一味的默，或干脆说个"不"，或者摇摇头，摆摆手表示"决不"。如今都已使尽了。佩弦便进了一步，他嫌我的方术太冷漠了，又未必中用，摆脱纠缠的正当道路惟有辩解。好吗！听他说："你不知道？这事我们是不能做的。"这是诸辩解中最简洁，最漂亮的一个。可惜他所说的"不知道？"来人倒真有些"不知道！"辜负了这二十分聪明的反语。他想得有理由，你们为什么不能做这事呢？因这"为什么？"佩弦又有进一层的曲解。那知道更坏事，竟只博得那些船上人的一哂而去。他们平常虽不以聪明名家，但今晚却又怪聪明，如洞彻我们的肺肝一样的。这故事即我情愿讲给诸君听，怕有人未必愿意哩。"算了罢，就是这样算了罢；"恕我不再写下了，以外的让他自己说。

叙述只是如此，其实那时连翩而来的，我记得至少也有三五次。我们把它们一个一个的打发走路。但走的是走了，来的还正来。我们可以使它们走，我们不能禁止它们来。我们虽不轻被摇撼，但已有一点杌陧了。况且小艇上总载去一半的失望和一半的轻蔑，在桨声里仿佛狠狠地说，"都是呆子，都是吝啬鬼！"还有我们的船家（姑娘们卖个唱，他可以赚几个子的佣金。）眼看她们一个一个的去远了，呆呆的蹲踞着，怪无聊赖似的。碰着了这种外缘，无怒亦无哀，惟有一种情意的紧张，使我们从颓弛中体会出挣扎来。这味道倒许很真切的，只恐怕不易为倦鸦似的人们所喜。

曾游过秦淮河的到底乖些。佩弦告船家："我们多给你酒钱，把船摇开，别让他们来罗嗦。"自此以后，桨声复响，还我以平静了，我们俩又渐渐无拘无束舒服起来，又滔滔不断地来谈谈方才的经过。今儿是算怎么一回事？我们齐声说，欲的胎动无可疑的。正如水见波痕轻婉已极，与未波时究不相类。微醉的我们，洪醉的他们，深浅虽不同，却同为一醉。接着来了第二问，既自认有欲的微炎，为什么艇子来时又羞涩地躲了呢？在这儿，答语参差着。佩弦说他的是一种暗昧的道德意味，我说是一种似较深沉的眷爱。我只背诵岂君的几句诗给佩弦听，望他曲喻我的心胸。可恨他今天似乎有些发钝，反而追着问我。

前面已是复成桥。青溪之东，暗碧的树梢上面微耀着一桁的清光。我们的船就缚在枯柳桩边待月。其时河心里晃荡着的，河岸头歇泊着的各式灯船，望去，少说点也有十廿来只。惟不觉繁喧，只添我们以幽甜。虽同是灯船，虽同是秦淮，虽同是我们；却是灯影淡了，河水静了，我们倦了，——况且月儿将上了。灯影里的昏黄，和月下灯影里的昏黄原是不相似的，又何况入倦的眼中所见的昏黄呢。灯光所以映她的秾姿，月华所以洗她的秀骨，以蓬腾的心焰跳舞她的盛年，以饧涩的眼波供养她的迟暮。必如此，才会有圆足的醉，圆足的恋，圆足的颓弛，成熟了我们的心田。

犹未下弦，一丸鹅蛋似的月，被纤柔的云丝们簇拥上了一碧的遥天。冉冉地行来，冷冷地照着秦淮。我们已打桨而徐归了。归途的感念，这一个黄昏里，心和境的交萦互染，其繁密殊超我们的言说。主心主物的哲思，依我外行人看，实在把事情说得太嫌简单，太嫌容易，太嫌分明了。实有的只是浑然之感。就论这一次秦淮夜泛罢，从来处来，从去处去，分析其间的成因自然亦是可能；不过求得圆满足尽的解析，使片段的因子们合拢来代替刹那间所体验的实有，这个我觉得有点不可能，至少于现在的我们是如此的。凡上所叙，请读者们只看作我归来后，回忆中所偶然留下的千百分之一二，微薄的残影，若所谓"当时之感"，我决不敢望诸君能在此中窥得。即我自己虽正在这儿执笔构思，实在也无从重新体验出那时的情景。说老实话，我所有的只是忆。我告诸君的只是忆中的秦淮夜泛。至于说到那"当时之感"，这应当去请教当时的我。而他久飞升了，无所存在。

……

凉月凉风之下，我们背着秦淮河走去，悄默是当然的事了。如回头，河中的繁灯想定是依然。我们却早已走得远，"灯火未阑人散"；佩弦，诸君，我记得这就是在南京四日的酣嬉，将分手时的前夜。

一九二三，八，二二，北京。

在玄武湖畔

李金发

【题解】李金发（1900~1976年），原名李淑良，广东梅县人。现代诗人、雕塑家。李金发曾留学法国，就读于第戎美术专门学校和巴黎帝国美术学校，受法国象征派诗歌的影响，开始创作象征诗，成为中国现代最早的象征主义诗人。这篇散文写于1934年，那一年，作者在玄武湖畔避暑，住了两个月。文中写他的所见所闻所感，着重写他眼中所写玄武湖畔的动物（蝉、蚂蚁、麻雀等）、植物（柳树和其他花木）和人物（园丁老沙等），观察细腻，视角独特，描写精，而且笔端蘸满了对大自然中弱小生命的关注和同情。

在玄武湖畔这个不可多得的、打破六十余年纪录的、温度达一百零四度四的一九三四年，我恰从温和适意的南国的罗浮山，跑到石头城来，我是自叹倒霉，预备去受酷暑的磨难的。不料不幸中之幸，终于躲在玄武湖养园两个月，和太阳神抵抗，终得平安过去。现在秋意渐渐浓厚，我继续在居住，看着大自然逐步失去活泼之态，一面严冬又在准备它的大业。

七月初旬，知道家人要北来，我就在南京物色西式的住宅，从五台山走到阴阳营、马家街等地，都空费流汗。凑巧得很，友人汪君来访，他知道我在找房子，他提议分租他住养园一部分给我，真是再好没有，人们求之不得的。我于是遂从不脱南京旧日本色的金沙井逃出来，好像舒了一口喘息似的。

到上海去接家人回来，就在那里过昼伏夜出的生活。

这个中国式的西洋别墅，不要小看它，是当年住过许多"党国要人"的，因为以前做过荷院俱乐部。值得提起的，是它有一大客厅，可容六七十人跳舞，当年曾做过首都社交中心的工具的，其余的建筑则一无是处。然细察一会，则可看出屋主人是休养林泉的能手，房子全部的窗和门，都是铁纱窗，没有苍蝇蚊子踪影。四周栽满花草，高纵的树木包围着，在窗外还有芭蕉的绿叶，代替了窗帘。葡萄藤满生白色的果实，在预备采食之前一日，为不知什么鼠食得干净。西偏有成亩的小竹成林，因为久旱的缘故，笋子老埋在土下，一遇下过了雨，翌晨无数的幼芽，从土中如笔般长出。老园丁说，此种笋不会长成，便将它挖出来做菜；起初觉得非常可惜，煞风景，但后来看惯了，自己也每遇雨后抢着去挖，把它鲜炒或晒成笋干。

杨柳在窗外摇曳，有时垂到地下，阻住人来往的路，但从不会把它砍短；有时柳枝驻下一二个富于气力的蝉儿，引吭高歌，与远处高处的和成一个合奏曲，真是热闹，有时扰人午睡，又觉罪不容诛。听茵子说，秋天无力的蝉，叫声是"也余也余"地叫，与盛夏的"余余余"不变音的叫法，是不同的。后来入了秋听之，果然不错。亏得我在乡间住了十几年，还不曾听过这常识。至今思之，不快的，是有气压非常高的一天，我出去公园管理处打电话，看到一个穿草鞋的苦力人，手持一竹竿，腰间接着一竹篓，正在将一种胶质糊在竿尾，然后仰首去寻蝉声所自出，将这有胶的竿，轻轻的靠在鸣着的蝉之背部，则两翼已在无用地挣扎，他徐徐将竿退下，将蝉翼上有胶的部分揭去（美丽的翼就此残缺了），放进篓中、它无数同命运者中去，犹闻闹成一张如人类狱中的罪人之骚动。我好奇地，借他的竿也捉下一个，也给他放进去了。这是我牺牲一小生命的罪过！闻此种蝉将卖给小孩子玩，——磨难小动物，是中国儿童的时色，也是无知的父母所允诺的。——或卖给人做药材，这就是与人无所忤的自然吟咏者之命运。

不知怎的，我近十年来很觉得心肠仁慈多了，一个小小的蚱蜢及蟋蟀，甚至蚂蚁，我都不愿及不许小孩们弄死，或磨难它们，对于它们的生活，我也很趣味，充其量我可以做一个昆虫学家 Fabre 也说不定（编者注：Fabre，即 Jean-Henri Casimir Fabre，1823~1915 年，通常译名为"法布尔"，法国著名昆虫学家、文学家，撰有《昆虫记》）。他们粗人俗人，常常笑我尚有孩子气，我承认我尚有赤子之心，个中诗意及哲理是他们不能领略的。有一次，我无意中在树根下发现两种蚂蚁在斗争，纠纷的起因为何，我可惜没有看到，迨我看见时，已有十来个大蚁（有半英寸长）为无数小蚁擒食，大蚁则派几个勇士，守在土穴之口，张开铁一般黑钳，窥伺着。环绕着的小蚁群，偶有一个过于勇敢不小心的小蚁，便会把它衔进去受极刑。有时大蚁稍不小心，走得过远，便为小蚁包围，你吃一脚，他吃一臀，就走不动了，这样就断送了它的性命。这不是人类的缩影吗？我蹲在那里，足足看了一点钟，心头非常难过，但没有法子可以排解它们。后来我回去吸一枝香烟，和写了一点译稿，再来看时，小蚁们已退至东偏，大蚁出来，到已退出的阵地，张皇地在寻觅。怎样的经过呢？小蚁自动地总退却呢，还是为大蚁吞食到如此田地呢？大蚁又何不追击呢？我想彼此牺牲必不少，这些都使我沉思了终日，这样的蚁斗，也不多见了。

此地的蟾蜍，是孩子们的朋友，他们叫它为"呷呷仔"，每遇下雨，它们就东一个西一个笨拙地爬出来觅食（实在下了雨，什么蚊虫也走光了，它的本能失了效用）。尤以竹林下为多，小孩子若以竹子打打它的背部，它撑起四脚，鼓胀着气来抵抗，这真是拉芳登寓言中所说的一样。（编者注：拉芳登，即 Jean de la Fontaine，1621~1695 年，通行译名为让·德·拉·封丹，法国古典文学的代表作家之一，著名的寓言诗人。他的作品经后人整理为《拉·封丹寓言》）。

夕阳西下，人们鱼贯地来园中散步的时候，便见数百只麻雀群，在梧桐树枝上觅栖宿的地方，至少噪杂在半个钟头以上，才跟着夜色四合，寂然无声，大概是位置的分配罢！每当夜间雷电交作，或狂风怒吼的时候，它们在不安定的枝头受苦，我常常在深夜想起，很可怜这小动物。

每个大树下都有石桌石凳，可以在月亮挂在枝间或在紫金山之巅时，一壶清茶，几个知心朋友，纵谈天下事，几不知人世间还有烦恼事。

房屋的四周，许多花枝不断地开着，远望去总是红的白的掩映在眼帘，是何等赏心悦目呀！有时，折下一些来，自私地插在大大小小的瓶里，轻淡的微黄的玫瑰花之香，与美人蕉的艳红，真使客厅生色，恨不得多几个人来赏玩。篱近有许多牵牛花我最爱，总共有七八种颜色，清晨起来散步的时候，最鲜艳，可惜不到晚间，已萎谢了。这样短促的光荣，使人多么惋惜。这边的一草一木，都是园丁老沙手栽的，我们对着他的晚景，应该感谢他而凄怆。他现年五十八岁了，面色为日光晒成深赤色，鼻子扁平的，——星相家一定说是他倒霉的原因，——说的满口徐州话，人还是很康健，他在此足足十年了，当主人做总办的时候，这个房子还没有造，他就来此，忠实服务到现在，不知怎的他老是想回老家去。他说他有储蓄一百元，回去卖烧饼油条亦可过日子，吃完了则讨饭。他没有妻子亲属，使人对他的余年发生无限怜悯。我曾叫汪君挽留这忠仆，以后不知怎样安排。

每当热度到百零几度的时候，即闭着窗户午睡，亦挥汗如露珠，有时为蝉声或斑鸠声搅醒，还睡眼惺忪地，看着修路的工人，在猛射的太阳下推着咿呀的车子，心头真是难过，但世间不平的原因多哩。

现在新秋已徐步到人间，紫金山边白茫茫的细雨继续地洒向枯槁的园林，怪令人可爱的，习习轻风，吹向两腋，精神为之一振，可是没有涟漪的水，生起如织的波纹，只剩得湖边的杨柳，满带愁思地摇曳。

广漠的曾飘出芳香的荷田，现在也不见淡红的花朵，向人微笑，点首，隐约呈现衰老的黄叶，大概不久也会为人刈割净尽了。昔日无数画艇荡漾地载着鹣鲽漫游之湖心，现在全为高与人齐的野草占据着，出人不意的从草根下飞起一群水鸟，或白鹭，朝向浅渚去窥伺天真的小鱼。

放眼望去，没有一点水的模样，惟前次在飞机上下望，则尚有几处较深的地方，还有相当的水，为无数鱼鳖逃命之所，不禁令人有沧海桑田之感。

薄薄的银灰色的秋云，好像善意来保护我们似的，把太阳遮得没有热力了，黄昏的时候，夕阳在云端舞着最后的步伐，放出鲜艳的橙色，送着绯红的日球徐徐下坠，像忍心一日的暂别。此时绿荫之下，不缺乏比肩情影，喁喁絮着誓语，几阵不知趣的归窠小鸟，从他们头上飞过，装出怪声，没有不仰首察看一次的。湖山为他们而存在呢，还是他们为湖山之陪衬品？

一到晚饭后，寻乐的伴侣成群地从桥的那端姗姗而来，沉静的灯光，照着行人得意之色；蓝黛的长天疏星点缀着，如眉的新月，映出林木的轮廓，顿增加黑夜的神秘性。夏蝉已成为哑巴，只寻死地扑向灯光而来，土地下的雌雄蟋蟀，在得意地歌唱，也不似了解未来的命运。远处的火车汽笛声如魔鬼尖锐之音，投进满怀秋思失恋者之心曲，比塞北胡笳更凄清。城之南的天空，映出淡淡的桃红色，不消说那边是车水马龙的繁华世界，许多公子哥儿，正在酒绿灯红中谈着情话，不曾有半点水旱天灾的痕迹在他们梨涡里，大人先生也正在兴高彩烈地，在觥筹交错，说着虚伪的官话，或在作揖啊。

到了九点钟时分，游人兴尽走光，提篮的卖葡萄人，也已收盘，湖畔顿成一片静寂，一点足音也听不到，只有时枝头的斑鸠扒翼的声音，或蚯蚓威威的长鸣。那时月儿已复隐到地平线下去，园中黑漆一团像有阴森的景象，使人心头有些惧怯，只好借口疲倦，自己欺骗自己逃到睡乡去。

一九三四年九月六日灯下

秦淮暮雨

倪贻德

【题解】倪贻德（1901~1970年），笔名尼特，浙江杭州人。现代著名画家，擅长风景画，著作有《画人行脚》《艺术漫谈》《近代艺术》《西洋美术史纲要》《西洋画研究》《西画论丛》等；同时也是现代作家，著有小说集《玄武湖之秋》《东海之滨》《百合集》等。《秦淮暮雨》是倪贻德的散文名篇，包括《途中》《乡愁》《月下》《白鹭洲》《红叶》《玄武湖之秋》《寒冬》《暮雨》八节，首尾呼应，结构完整。

全篇描写作者在南京的一段生活经历，既有画家独具慧眼的细丽写景，也有"五四"那一代作家浓烈的抒情。更为难得的是，文章详细叙述了他的小说《玄武湖之秋》的构思经过及其出版后对他个人境遇的影响。

途 中

无论在故乡或在异乡，只要是住上几个月之后，对于那个地方，多少总有些依恋的感情，一旦不幸而别离他去，也就不免要生起一种无限的惆怅呢！

无论是道近或是道远，只要是一个人孤零零走上了旅路的时候，多少总要觉得寂寞无聊，而感到一种生世飘泊的悲哀呢！

但在这两种情形之下，要是正值风和日丽，山川明媚的时候，使一个怨离惜别的征人，看看大自然光明灿烂的表现，听听候虫时鸟嘹亮的清歌，也可以减去几分黯然消魂之感，而使各种无谓的愁思忘怀了呢！反之，倘若在细雨潇潇之下，在残年暮冬之季，天宇暗淡，草木凋零，所有接触到我们眼中来的，都是催人下泪的资料；况又是西风频来催打，远郊的哀声时起，你想一个漂零多感的旅客，遭到这样凄惨的情景，他脑里的愁思，他心中的悲怀，是怎样难以形容得出来的哟！

然而以我个人而论，那苍天好像故意要和我的生活调和似的，每逢在旅途之中，所遇到的天气，总是后者多于前者，不是刮着风雪，就是洒着雨丝，这正像我灰色生活的一幅写照，这也是我一生命运偃蹇的象征吧！

啊！今朝！正北国严风，吹过江南的时候，正潇潇暮雨，打在秦淮河上的时候，可怜一乘车儿，一肩行李，又送到孤寂的旅路上来了。想金陵一去，他年难再重来！从此白鹭洲前，乌衣巷口，又不能容我的低回踯躅了！车过桃叶渡头，我看见两岸的楼台水榭，酒旗垂杨，以及秦淮河中停泊着的游艇画舫，笼罩在烟雨之中的那种情调，又想起半年来在外作客，被人嘲笑，被人辱骂，甚至被人视为洪水猛兽而遭驱逐的那种委曲，我的眼泪竟禁不住一颗一颗的流了出来。自秦淮以至于下关，约有十多里车行的长途，所以尽够我在那里把往事苦苦地来思量，也尽够我自己制造出许多悲乐的空气来自己享受呢。

乡　愁

想我初到这秦淮河畔来的时候，正当秋蝉声苦，月桂香清。这秋色的故都，自不免有一番萧条落寞的景象；何况是生世飘泊，抑郁多愁的我，逢到这样的时节，处在这样的异乡，这客中的苦况，更要比别人加倍难受呢！所以我整日的伏处在斗室之中，只是想到故乡，想到久居的黄浦江滨，想到我朝夕相处的几个朋友，觉得今昔相较，哀乐殊异，而自悔不该谬然远走他方。

那是一天的午后，同事的万君，看我寂寞得可怜。他就过来邀我说：

——这样闷坐着岂不苦恼，我们还是出去跑跑罢。

——好，好，我们一同去跑跑罢——我当然是欣喜地对他表我的同情。

弯弯曲曲的行过了几条狭长的街道，行过了古罗马城堡似的城门洞，城市一步步的远离，山乡一步步的展开，奇形怪状的驴背客可以看见了，兜买石子的江北小田也可以看见了，哦，我们已经到了方孝孺葬身埋骨之地，自古兵家必争的雨花台畔了。

雨花台上，还剩有前朝战血的痕迹，深深的壕沟，高高的堡垒，令人犹想见当年横刀跃马，金鼓喧天时豪壮的气概；而今衰黄的枯草，和颓败的瓦砾，默然躺在午后秋光之下的那种情景，则又令人想到沙场白骨，战士头颅的惨状。我更放眼四望，只见一座雄厚崔巍的石头城，包住了几万人家；卧龙似的连山，绵亘不断的在四处起伏着，现出了许多远近高低的岗陵丘壑；一线的长江，隐然粘在天地交界处，而这且又值黄沙天气，澹薄的阳光，从昏蒙蒙的天幕中射下来，更觉得这荒凉的古战场上，有一种浩荡荡的，莽苍苍的气概，直逼人来，好像有百万雄师，潜伏在那里，正要预备作战的样子。

我正在这样呆呆地四望的时候，旁边站着的万君，忽而指着一处山上白色的小点对我说：

——哦哦，那就是天保城！

——哦哦，那就是明孝陵——他又指着一处山脚下的几块红墙。

——那就是钟鼓楼——他又指着一处庞然雄镇的大建筑物。

他又指着许多远近的名胜古迹，一一的告诉我，面上露出很得意的神色，大概他是故意想在我面前夸示他们本乡风土的佳胜罢！但是，他何曾晓得我——我是曾经沧海难为水的！这些干燥无味的景色，那里及得来我故乡的百一呢？故乡有杜鹃花开遍的春山，故乡有黄莺鸟鸣彻的柳堤，故乡有六桥三竺中缥缈的云烟，故乡有绿水中柔波清丽的人影，故乡有……啊啊！我可爱的故乡哟！你终竟是我儿时青梅竹马的伴侣，你那明媚的容颜，你那纤纤的清影，你那婉曼的歌声，是早已深深的印在我的心目之中了，虽有异乡的花草，时来引诱我，但是我无论如何不会把你忘记了的哟！可不知何日里，我能够飘然归来，投在你的怀中，把我的相思苦痛来和你从头细数呢？

月　下

不久中秋也就到了。这一天的晚上，天气虽然不好，然而也没有雨，朦胧的淡月，时时从薄薄的浮云里钻出来窥人。八九点钟的光景，我刚从一家酒楼里微醉出来的时候，遇到了几个新交的朋友，他们一定要拖我到秀山公园里去赏月，我也因着客中多闲，岂忍负此良宵，所以也就乐得跟了他们走去。

对月怀人，乃是人之常情，我又何能免此？所以当我缓缓地步在复成桥畔，看见那岸边轻围住晚烟的垂柳中间漏出来的淡白的圆月的时候，竟使我不知不觉地想起了我故乡湖畔的那人儿了。

那人儿是蒲柳一般的芳姿，兰蕙一般的丽质，我爱她那温软轻松的华发，我爱她那乌黑多情的大眼，我爱她那柔嫩苍白的颊儿，我尤其爱她说话时那种细腻怯弱的表情，和见人时嫣然一笑的媚态。

她曾经告诉我说过，她是一个世界的零余者，人群的失败者，她受了种种不幸的刺激，所以对于什么也心灰意懒了。她又同我说，她只愿和我以友谊相始，亦以友谊相终，永远做一个纯洁的朋友。她又同我说，她是曾经在半规的凉月底下，立在湖边上，一个人暗暗私泣过的……

可怜我因着她这几句话，也无端地流下过许多眼泪，记得我在一首诗里，也曾经为她这样的哀吟过。

> 银河淡淡的凉夜，
> 秋水盈盈的湖面，
> 湖底里倒映着一个
> 纤纤的清影，
> 湖边上有一个少女
> 在低低诉她的幽怨。

> 湖边的少女，
> 你泣着，你呜咽着，
> 你泣着为的是什么？
> 可是受了他人的欺凌？
> 或是有如许故来的哀怨，
> 故来的饮恨，
> ——那说不出的哀情。

> 啊，说不出的哀情哟！
> 你终于是说不出吗？
> 你为甚深深瞒隐了？
> 你为甚不肯告你远方的恋人？
> 啊，你将永远永远地，
> 葬她在灵魂的深处，
> 与永劫而同存……

啊！今夕月光如此清幽，不知道她对了这多情的凉月，又将如何的回肠千转，幽思百结呢？不知道她可曾想到千余里外还有这样一个可怜的人在对月怀念她呢？啊，我心目中所翘盼的人，我欲爱而不得爱的少女，你也知道那飘泊的孤独者的烦恼吗？

这一天的晚上，我看见月色下淡泊素静的秀山公园，园中的许多赏月的少年男女，和在草地上跳舞的几个年青的女学生，我的心里感到了分外的愉快和温热。

白鹭洲

此后我对于这秦淮河畔的感情就一天一天的浓厚起来了。这其中有两层原因在着：其一，是不多几日之后，我在所住的学校后面，发现了一个可爱的地方——是足以使我无聊的闲游的地方。那儿是一片优秀的水乡，有清可鉴人的溪流，也有纤回曲折的堤岸，有风来潇潇的芦荻，也有朦朦合烟的白杨，有临水的小间精椽，也有隔岸的农家草屋……然而我起初也未过淡然置之而已。

后来我和人家谈起，他们告诉我说：

——这就是白鹭洲哟，

——噢噢，那就是二水中分的白鹭洲吗？

——那正是一处前朝诗歌中的遗留物呢！

这样一来，我更觉得这地方的亲密可爱了。真的，我每到下午四五点钟的光景，总要邀住一二个朋友，慢慢地踱到那边去闲逛的，而恰恰在那时候，四方的景色，最是变化得复杂。在落日这一边呢，好的是深暗昏漾的林木和晚烟蒙住的远景，衬在橙红的天空上的那种黄昏情调，但是倘若再回过头去一看，则又是一别种样的风光，那正是因为受着对面落日返照的原故，所以一切的景物，都在灼灼地闪烁，都在耀耀地发光，那背景的天空，更觉得昏暗下来了。这两者所呈的色调既如此不同，然而他所给我们的诗意，却是一样的能使我们低徊咏叹，徘徊而不忍遽去的。当那个时候，我快乐得把一切都忘怀了，一个人不知不觉地哼起郑板桥的几首道情来，自己也好像变了一个樵夫渔父，在山林烟水之间逍遥的一般。

其二，是在我学校前面，也发现了一个足以使我无聊时闲游的地方，不过这地方的情调、趣味，和前者恰恰绝对的相反。原来这就是娼妓游民行乐之地，三教九流聚会之场，所谓夫子庙者是也！那儿的规模、格局、观瞻，虽然没有上海那么繁华绮丽，虽然没有北京那么伟大雄壮，但是一到了晚间，那些六街灯火的辉煌，楼头的清歌曼舞，妖艳的肉体的侵轧，以及隔江一声声的檀板丝弦，街心夜游者欢狂的嘈音，都足以使人心荡目迷，而陶醉在醇酒一般的境地里的。

在灯火黄昏之时，在一弯凉月之下，我是常常牵拉着三五年少，漫步地踱到一家茶社的楼上，踞坐在一张板桌旁边，烟雾迷漫的中间，惨绿的瓦丝灯底下，看看那同透加所绘的跳舞里面一样的病弱的可怜虫，听听她们从竹棍藤鞭之下逼迫出来的哀音，和四周侵淫着的那种靡靡的空气，我又好像变了一个群集在咖啡馆里度浪漫生活的青年艺术家了。

——哦哦，你们看！这不是一种极好的画材吗？我们倘若把这惨白窈窕的歌女当作了画面上的主体，那么这灰黄憔悴的乌师不是一个极好的背景？这缭绕的烟丝又不是一种极美妙的衬托吗？……

——你们看！这瓦丝灯光下的色彩是多么闪烁而活跃！这歌妓的红唇是多么硗薄而可爱！她颊上的肌肉……她胸的曲线……

红　叶

重阳节前后的那几天，可说是秋天的精神发挥得最充分的时候。倘若不相信这句话，你不妨到野外去走一趟看看，最好是到那丘陵起伏的高旷之地，又还须骑一匹蹄声得得的驴子，那末你就可以在驴背上看见缓缓地从你两旁经过的秋山野景。知道大自然是如何地在那里表现着庄严灿烂的精神，又如何地在那里发挥着崇高悠远的诗意了。

如今佳节又近了重阳，寥廓的天空，只是那般蔚蓝一碧；灿烂的骄阳，想已把青青的郊原，晒成一片锦绣的华毯；葱郁的林木，染为几丛灼嫩的红叶了罢。紫金山麓，灵谷寺前，正是秋色方酣的时候。当这样的佳景，这样的令节，我们应当怎样的去邀游寻乐，才不致辜负这大自然赐给我们的幸福呢！

于是我们又踏过断碣残垣的明故宫，走出了午朝门，在城脚下一个驴夫那里雇了几匹驴子，踽踽的直向前面山道中进行。山道是迂回曲折，高低起伏，驴儿也跟了它一蹚一颠地缓步，或左或右地前进。

在驴背上一路地贪看着荒山野景，饱尝了许多以前所未曾接触过的清新的美点来，这美点倘若要精细的描写出来，抽象的文字恐怕还嫌不足，最好是用具象的绘画，或者可以更直接更真确些。哦哦，这秋阳中倾斜的山坡，山坡上铺满着不知名的野花——那五色斑斓的野花。远远的一角城墙，城墙上的天空，天空中流荡着的白云，这不是一幅极好的风景画的题材吗？哦哦，这几间古旧的茅舍，茅舍旁有垂着苍黄头颅的向日葵，茅舍前有半开半掩的年久的柴扉，柴扉前立着一个孩子，他抱了一束薪，在那里对我们呆看的神情，那又好像在什么地方的一张名画里看见过的样子。哦哦，这一带疏林枫叶，枫叶经了秋阳的薰染，经了秋风的吹拂，也有红的了，红得如玛瑙般的鲜明；也有黄的了，黄得如油菜花般的娇艳；也还有绿的，那仿佛还在长夏时一般的滴翠；后面有红墙古屋的衬托，上面有蓝天的掩映！……这又好像是我的一个好友曾经在那里表现过的一幅画境……

我这样地在驴背上默默地看着想着，其余的几个朋友也都默默，这空山之中，除开得得的蹄声，也没有鸟唱，也没有虫鸣，也没有人语，大概这时候，大家受了大自然的引诱，都不知不觉的为它伟大的力量所慑伏了。总之，我们好像已经不是现世的人，而变成了中古世纪浪漫时代的人了；我们已经不是现实的人，而变成了山水画中点缀的人物了。

游兴还是很浓的，太阳却缓缓地打斜了，影子也渐渐地修长起来，一切的景物自然更增长了她们的华丽灿烂。然而这光限好的黄昏，偏又在催游人归去。归途，随处拾着红叶，摘着野花，笑看那斜阳中的樵牧，那种快乐的遭遇，真使我有终老是乡，不愿再返尘世的感想了。

玄武湖之秋

不多几日之后，学校里有结队作玄武湖游的举行。这玄武湖上，原是桃李争艳之地，荷花柳丝之乡，所以她的华年，是在烂漫的芳春，是在蓬勃的长夏。一到了深秋，年华逝了，游人也散了，所遗留下来的，只有一些寂寞与悲调。然而倘若由诗人的眼光来看，那么，这些衰柳、残荷、败芦、枯叶，以及冷落的孤棹、苍茫的远山是如何地含着高超的诗意！又如何地现着低徊的情调呢？这正所谓：

> 碧云天，黄叶地。秋色连波，波上寒烟翠。山映斜阳天接水，芳草无情，更在斜阳外。

这又好像是一个美貌的女子，到了中年以后，她娇嫩的容颜慢慢的憔悴了，她浓黑的华鬘渐渐的稀少了，她往日的恋人也弃她而去了，到这样的时候，她一方面既感慨那似水的流年，一方面又还时时在眷念着她那如花的青春，然而青春是一去不可复回，年华又一年一年地流向东去，她无可奈何，可是暗暗地背人流泪的样子，一般地具有美妙而悲凉的诗的情味。

这是使人见了何等的可怜而又可爱的！所以我在这秋的玄武湖上，昏昏蒙蒙度了几个朝暮，也不知道昼和夜，也不知道晴和雨，又忘却了一切世上的荣名禄利，我只愿在这一片荒凉如死的湖边上，结一间小小的孤屋，把我几年来飘泊的生涯，收拾起来，归宿在那里，一等到我死了之后，也把我的枯骨，埋葬在那里，那末我在这一生也就心满意足的了……

"一间小小的孤屋，但是建筑倒很精雅，从外边看来，虽好像是农家的田舍，里面却有的是湖绿的粉墙，明净的玻窗；有的是小巧的台椅，温软的床褥；屋顶虽不高，但好在于不高，低小了才觉得团结而紧凑呢！屋外更围了一排矮矮的竹篱，竹篱外便只有芦荻和湖水了。住在这屋里面的是一个可怜的老人，他既没有妇人，当然也没有儿孙，每天伴着他的，只有几本破书和几张旧画。他从来没有踏到外边去看一个人，人家也从来没有一个人进来看他。每到了西风飒飒的晚秋，或夕阳蜿晚的黄昏时分，他总是默默的靠在窗口，看了窗外一片单调的景色，听了远处吹来几声孤雁的哀号，他的心就不知不觉地浮沉在一种美妙的追想里面，那就是他青年时代所经过的一段可歌可泣的浪漫史。这是他惟一安慰寂寞的方法，他每想到这个时候，自己就好像已经回复了他那黄金时代的生活一样，同时他的甜蜜而可爱的老泪，也禁不住滔滔的流了出来……"

我对玄武湖爱慕之余，本来原想将这样一段幻想，来做一篇小说。描写一个再过几十年之后的我的暮年生活，是如何地孤寂，如何地幽静，又如何地时时在一种幻影的追想里面生活着，但是到了后来，不料我求悲哀的诗意之心终竟敌不住我求欢乐的陶醉之心的强盛；我灵的爱之企慕也终竟敌不住我肉的爱之企慕的迫切，于是我那篇《玄武湖之秋》的内容，和前面那一种幻想里的情节就绝对的相反了。

那篇小说，是写我正当在年青时候，同了三个美貌的女学生，在那玄武湖上，如何地相亲相爱，后来分别之后，又如何地思暮她们的一段想象。这样放浪的情节，这样大胆的描写，在这礼教观念极深，文艺知识极浅的中国社会里，原是应该把它及早焚烧了毁灭了的好。但是，我青年的血气终竟没有消灭到全无，我修养的工夫终竟没有磨练到十足，我的求隐晦的心终竟没有我求表现的心的热切。于是我就在某某文艺周报上竟大胆的把它出而问世了。

寒 冬

寒冬的日子一天一天的拉近了，秋天的幻景已经隐灭了去，所剩下来的只有一些可怕的悲哀，虽然秋天也是悲哀的，但那种悲哀却时常给人以喜悦；独有这冬天的悲哀，是失望的，现实的，无可奈何的、别的不必说起，就只要抬起头来一看，那密布着的冻云，昏蒙蒙的黄尘，西北风在高处的盘旋，灰调的色彩，号吼般的声音，已经够使人愁惨终朝了。所以我每到了冬季，就和各种昆虫一般，慑缩起来，一动也不敢动，只是等待着运命来支配罢了。而正当那个时候，各方面对我的攻击，也接着如野火般的四起，使我更陷于悲愁绝望之境里，这正是祸不单行啊！

原来自从我那篇《玄武湖之秋》发表以后，凡是稍与我有些关系的人，对于这篇小说都非常注意，也有当面来责难我的，也有写信来批评我的，他们有的说我没有真实的感情，没有纯洁的恋爱。以女子为儿戏，污辱了女性的人格！有的说我没有修养和沉静的工夫，太是赤裸裸的描写，使人看了心神不安，有失了美的价值；有的说我只有肉的爱而没有灵的爱，是礼教的叛徒，色情的狂奴……这些他们本来不负责任的说，然而神经过敏的我，怎样能够当得起这种毁辱呢！我的食量就因此逐渐的减少了，睡梦中也时常惊醒了，每个人的眼睛好像都在盯住我，每个人的言语好像都在痛骂我，我为着躲避这些可怕的刺激，每天只是缩在房里，一步也不敢踏出去，像这样挨病似地挨了几天之后，学校当局，竟因着这一篇小说，把我的职务像快刀斩麻似的辞退，他惟一的理由是：

先生所作之小说，今已激动公愤，倘再牵留不去，将引起极大之风潮！……

事已至此，我还有什么话可讲？想我当初写这篇小说的动机，原是不满于现实的苦痛，要想在艺术的世界中，建起空中的楼阁，求我理想中的人，来安慰我的寂寞，减轻我的欲求。现实的社会，纵使是一座不容人飞翔的牢笼，纵使是一处监禁思想的魔窟，然而在艺术的天国里，却是绝对客人以自由，凡是宇宙的市民，谁都可到这里来尽情地翱翔，尽情地欢唱的。而不料一到了万恶的中国社会里，竟连这一点点的自由也要被束缚！竟连这一点点的享乐也要被摧残！这还有什么话可讲呢？

暮 雨

尖长而响亮的汽笛声，把我的意识回复了转来，探头向车篷外去一望，荒凉的野景已经渐渐在转变为嘈杂的市尘了。两旁的行人也觉得渐渐地拥挤起来，距车站的路想已不远了。只是潇潇的暮雨，比刚才更加落得起劲，大概它是故意在那里助长飘流者心内的悲调罢！

金陵的古迹（四篇）

石评梅

【题解】石评梅（1902~1928年），原名汝璧，因爱慕梅花之俏丽坚贞，故以石评梅为笔名。山西省平定县人，现代著名女作家。1919年在北京女子高等师范学校就读时即热心于文学创作，创作生涯虽然短暂，却尝试过诗歌、小说、剧本、评论等多种体裁，其散文和诗歌创作成就较高。1928年9月30日因病逝世。1923年，石评梅与友人一行来到南京，重点考察了鸡鸣寺、明故宫古物陈列室、明孝陵、紫霞洞、莫愁湖等金陵古迹，《金陵的古迹》就是她到南京的游记散文。

一、鸡鸣寺

由东大参观后，步行游鸡鸣寺，沿途张绿树作幕，铺苍苔作毡，慢慢地上台山（即鸡鸣山），幸而有两旁的杨槐遮赤日，山间的清风拂去炎热。到了半山已望见鸡鸣寺，隐约现于浓荫中。惠和拉着我坐在路旁的一块石上稍息。望下去，只见弯曲的成了一道翠幕张满的道。赤日由树叶的缝里露出，印在地下成了种种的花纹。在那倾斜的浓绿山下，时时能听到小鸟啁啾，和着她们娇脆的笑声，在山里回音，特别觉着响亮！我同惠和宝珍并着肩连谈带笑地上山去，约没十分钟的时间，已到了鸡鸣寺前，一抬头就看见对面壁上，画着一幅水淹金山寺的图。寺门上有四个大红字是"皆大欢喜"。进去转了有一二个弯就到了正殿，钟声嘹亮，香烟萦绕，八大罗汉里边，只有二三个穿着新衣服——金装，其余都破衣烂裳，愁眉苦眼，有种很伤心的样子！罗汉中也同时有幸与不幸啊！

临窗为玄武湖，碧水荡漾，平静如镜，苍苔绿茵，一望皆青。远山含烟，氤氲云间，我问庙里的道士，说是"幕府山"。窗下一望，可摸着杨柳的顶头，惠风中颤荡着的杨柳，婀娜飘舞，像对着我们鞠躬一样！湖山青碧，景致潇洒，俯仰之间，只觉心神怡然，融化在宇宙自然之中。我们六七个人聚在一桌吃茶，卧薪伏在窗上慢慢地已睡去，我们同艺蘅谈到北京东岳庙里的鬼，说着津津有味的时候，艾一情先生说："天晚了，走吧！"我们遂出了正殿。我临走的时候，向窗下一望，已披了一层烟云的雾，把湖山风景遮了起来。一路瑟瑟树声，哀婉鸟语，深黑的林内，蕴蓄着无穷的神秘和阴森。台城的左右，都是革命志士的坟墓，白杨萧森，英魂赫濯，一腔未洒完的热血，将永埋在黄土深处。

二、明陵

六月二号的清晨，我们由华洋旅馆出发，坐着马车去游明陵，一路乱石满道，破垣颓壁倾斜路旁，烬余碑瓦堆成小屋，土人聊避风雨。一种凄凉荒芜景象，令人不觉发生一种说不出的悲哀！行了有三里路，就到了朱洪武的故宫，现在改为古物陈列室。里边的东西很多，但莫有什么很珍贵的，有宋本业寺嘉定经幢，冶山明八卦石的说明：

朝天宫宋为天庆观之玄妙观，又改永寿宫；明洪武十七年，赐令百额朝贺习仪于此，自杨溥以来即为宫观，此石传有四世。又传冶山之清殿下，为明太祖真葬处，石为青石所刻，在美正学堂在东北角治操场，掘得此石。

方氏荔青轩石刻残石，凤凰台诗碣残石，六朝宫内的禁石础。凤凰台碑记，节录如下：

金陵凤凰台在聚宝门内花盝冈，南朝宋元嘉中有神爵至（编者注：即神雀），乃置凤凰里，起台于山中……台极壮丽，凭临大江。明初江流徙去，凤去台在，此碑始出土。

此外尚有多种，不暇细看。有明隆庆井床，旧在聚宝门内五贵桥上。鸡鸣寺甘露井石，铜殿遗迹，系粤匪毁殿时所余，重十八斤，佛十七座。明报恩寺塔砖（第八层），高一尺四寸，宽一尺，为苏泥制，上镌佛像多尊。大明通行宝钞铜板。六朝法云寺铜观音像，清瑞云寺古藤狮像，此系神奇如活现，上坐佛极庄严活泼，刻工非常精细，高约四尺余。此外尚有宋朝刀剑数种，梁光宅寺铸名臣铜像。最令人注意的，就是中间所立的方孝孺血迹碑，据云天阴时血迹鲜赤晶莹，有左宗棠书《明靖难忠臣血迹碑记》。在此逗留仅二十分钟，故所得甚少。上述皆当时连看连写，惜未能多留，此团体中旅行之不便处。

我出了陈列所的门，她们已都上车，芝蘅仍在车旁等着我。一路青草遍径，田畦皆碧，快到明陵的时候，已看见石人石马倒倾在荒草间，绿树中已能隐约地望着红墙。我们下车走了进去，青石铺地，苍苔满径，两旁苍松古柏，奇特万状。有"治隆唐宋"大碑，尚有美英日俄法意六国保存明陵碑，中国古迹而让外人保存，亦历史怪事。正殿内有明太祖高皇帝像，下颚突出，两耳垂肩，貌极奇怪，或即所谓帝王像，应如此。入深洞，青石已剥消粉碎，洞尽处，一片倾斜山坡，遍植柏槐。登其上，风声瑟瑟，草虫唧唧，小鸟依然在碧茫中，为数百年的英魂，作哀悼之歌！

三、紫霞洞

循着孝陵的红围墙下，绕至紫金山前，我一个人离了她们，随着个引路的牧童走去。在崎岖的山石里，浓绿的树荫下，我常发生一种最神妙幽美的感觉。那草径里时有黄白蝴蝶翩跹其中，我在野草的叶上捉了一个，放在我的笔记本里夹着。我正走着，山石的崎岖，厌烦极了，觉着非常干燥，忽然淙淙的流水由山涧中冲出，汇为小溪，清可鉴底，映着五色的小石，异常美丽。我遂在一块石头上洗我的手绢，包了一手绢的小石头。我正要往前走，肖严在后边说："等等我"，她来了，我们俩遂随着牧童去。路经石榴院，遍植榴花，其红如染，落英满地，为此山特别装点，美丽无比。

牧童说："看，快到了！"只见一片青翠山峰，岩如玉屏，晶莹可爱！过石桥，拾级而上，至半山已可望见寺院。犬闻足音，狂吠不已。牧童叱之，遂嘿然去。至紫霞道院，逢一疯道人，是由四川峨嵋山游行至此，其言语有令人懂的，有令人百思不解的，其疯与否不能辨，但据牧童说是"不可理，说起话来莫有完。"紫霞道院中有紫云洞，其深邃阴凉，令人神清，有瀑布倒挂，宛然白练，纤尘不染，其清华朗润，沁人心脾！忽有钟声，敲破山中的寂寞，搏动着游子的心弦。飘渺着的白云，也停在青峦，高山流水，兴尽于此。寻旧径，披草莱，回首一望，只见霞光万道随着暮云慢慢地沉下去了。

四、莫愁湖

进了华岩庵，已现着一种清雅风姿，游人甚多，且富雅士。楼阁虽平列无奇，但英雄事业，美人香草，在湖中图画，莲池风景内，常映着此种秀媚雄伟，令人感慨靡已！

登胜棋楼，有徐中山王的像，两旁的对联好的很多：

英雄有将相才，浩气钟两朝，可泣可歌，此身合书凌云阁；
美人无脂粉态，湖光鉴千顷，绘声绘影，斯楼不减郁金香。

风景宛当年，淮月同流商女恨；
英雄淘不尽，湖云长为美人留。

六代莺华，并作王侯清净地；
一湖烟水，荡开儿女古今愁。

同惠和又进到西院，四围楼阁，中凿莲池，但已非琼楼绮阁，状极荒凉，有亭额曰"荷花生日"。两旁的对联是：

时局类残棋，羡他草昧英雄，大地山河赢一著；
佳名传轶乘，对此荷花秋水，美人心迹证双清。

对面有楼不高而敞，额曰"月到风来"，惜隔莲池，对联未能看清楚。再上为曾公阁，横额为"江天小阁坐人豪"，中悬曾文正公遗像一幅，对联为：

玳梁燕空，玉座苔移，千古永留凭吊处；
天际遥青，城头浓翠，一樽来坐画图间。

凭窗一望，镜水平铺，荷花映日，远山含翠，荫木如森，真的古往今来，英雄美人能有几何？而更能香迹遗千古，事业安天下，则英雄美人今虽泥灭躯壳，但苟有足令人回忆的，仍然可以在宇宙中永存。余友纫秋常羡慕英雄美人，但未知英雄常困草昧，美人罕遇知音，同为天涯憾事！质之纫秋，以为如何？

壁间有联，如：

> 红藕花开，打桨人犹夸粉黛；
> 朱门草没，登楼我自吊英雄。

> 憾江上石头，抵不住迁流尘梦，柳枝何处，
> 桃叶无踪，转羡他名将美人，燕息能留千古迹；
> 问湖边月色，照过了多少年华，玉树歌余，
> 金莲舞后，收拾这残山剩水，莺花犹是六朝春。

> 江山再动，收拾残局，好凭湖影花光，净洗余氛见休閟；
> 楼阁周遮，低徊灵迹，中有美人名将，平分片席到烟波。

莫愁小像，悬徐中山王像后凭湖的楼上，轻盈妙年，俨然国色，眉黛间隐有余恨，旁有联为：

> 湖水纵无秋，狂客未妨浇竹叶；
> 美人不知处，化身犹自现莲花。

因尚有雨花台未游，故未能细睹湖光花影，殊为长恨。莫愁俗人或以为楼阁平淡，荷池无奇，湖光山色，亦不能独擅胜概。但仁者见仁，智者见智，胸有怀抱的人登临，则大可作毕生逗留！湖光花影，血泪染江山半片；琼楼绮阁，又何莫非昙花空梦！据古证今，则此雪泥鸿爪，草草游踪，安知不为后人所凭吊云。

未游秦淮河，未登清凉山。雨花台草厅数间，沙土小石，堆集成丘，

除带回几粒晶洁美颜的石子外，其余金田战绩（编者注：太平天国的战绩），本同胞相残，无甚可叙，省着点笔墨，去奉敬我渴望如醉的西湖罢！

一九二三年九月三日

家乡食品

叶灵凤

【题解】叶灵凤（1905～1975 年），叶蕴璞，笔名叶林丰，江苏南京人。现代著名画家、作家和藏书家。1925 年加入创造社，开始文学创作。曾主编过《洪水》半月刊、《幻洲》半月刊和《现代文艺》，是创造社后期的重要成员。家乡的食品以及对于家乡食品的记念，往往是乡愁最为具体、最为突出的一部分。作为南京人，叶灵凤对于南京的食品的回忆与叙写，不仅展示了家乡的风土人情，也展示了自己的童年生活，在貌似不动声色的朴素笔墨中，透露了浓浓的思乡之心和爱国之情。

尝了新自我的家乡运来的香肚。大约为了赶运来应节，风干得还不很透，但是已经够甘香了，一吃到嘴里，就获得了这种家乡食品所特有的滋味。而今年的香肚售价更特别便宜，我只能说这真是"口福"。

香肚不见于乡土籍载。它的滋味好，该是与猪肉本身有关的。我们家乡有一种小型的猪，肉质特别好，是冬季的最好肉食。陈作霖《金陵物产风土志》云：

> 猪肉，中国人贵贱之通食也，金陵南乡人善荠之，躯小而肥，俗呼驼猪，岁暮始宰以祀神，供宾客，给年用，非市间所常有。其皮厚肉粗，间杂以臭恶者，皆贩自江北之猪，必稍稍饲之然后杀，始无此病。

香肚的滋味，近于火腿，一定要用上好的肉，这正是我们家乡能有这特产的原因。这正如板鸭一样，当地并不产鸭，所用得鸭也是从江北来的，但是在宰杀之前，先要经过若干日的饲养，不仅使它肥大，而且还要改变鸭的肉质，因此，不论是制咸板鸭、烧鸭，或是盐水鸭，都能够肥嫩鲜美，使尝过的人恋恋不忘。

每逢农历年节，家乡还有许多特制的应时食品，配合了过年风俗。《金陵物产风土志》云：

> 岁聿云暮，宜备粮糇。取糯米杂沙干炒之，去其沙，曰炒米。蒸而干之，和以饴糖，掬之使圆，曰欢喜团。

这种"欢喜团"，是白色的，比乒乓球略大，是我们家乡的特有食品，可以就这么咬来吃，或是用滚水泡开来吃。新年亲友来了，这是最简单的下午点心。滋味不错，而取意又吉祥，所以老少都欢迎。

"欢喜团"是用糯米炒涨制成的，另有一种用黏米炒熟作原料的，不用白糖而用赤砂糖伴和，制成一个个两寸直径的圆饼，称为"炒米粑粑"，滋味比"欢喜团"更好，小时最喜欢吃。未尝此味者，已半个世纪了。

> 祝灶有灶糖，作元宝状。以芝麻和糖焙焦之为金，以大麦糖揉之为银，兆家富也。

祭灶风俗和这类祭灶的食品，现在在家乡大约已经渐渐革除了。还有其他点缀年节的食品，在名称上都脱不掉迷信色彩：

> 除夕名物，多取吉祥。安乐菜者，干马齿苋也。如意菜者，黄豆芽也。守岁时取红枣、福建莲子、荸荠、天生野菱，煮粥食之，谓之洪福齐天。

这一种粥，不同于腊八粥。滋味不错，不知现在还有人吃否，我以为倒不必以名废实的。

到了新年，我们家乡还有一些应节食品。《金陵物产风土志》说：

> 食之以时，唯节令为最备。元旦祀神，取麦屑揉糖为圆式，蒸之使起，曰发糕。和糯粉条分之，曰年糕。其供祖先有馎饦，则取糖馅之饼四，贯以四柱，影堂几上物也，谓之桌面。汤团谓之元宵，以节名也。贺客至，率以芹芽松子核桃仁点茶，谓之茶泡，煮鸡子以充晨餐，谓之元宝。

所谓发糕，即广东人所说的松糕，用白糖的作白色，用黄糖的作黄色，象征金与银。但是白面的发糕，面上必须略涂洋红，因为纯粹白色是忌讳的。就是前面说起过的欢喜团也是如此，每一个雪白的欢喜团上，必须用洋红点一个小红点。

我们家乡的酱菜也很有名。这在镇江淮阳一带也是如此。有酱莴苣、酱萝卜、酱生姜、酱黄瓜。其中最有名的是酱莴苣，可以长至尺余，他处所无。切片佐粥，最为相宜。还有将莴苣腌后晒干，卷成小圆饼，中心饰以玫瑰花瓣，称为"莴苣丸"，佐饭下酒，甚至作为零食都相宜，更是我们家乡独有的特产。

酱生姜之中，最珍贵的是酱嫩姜芽，称为"漂芦姜"。这是春末初夏才有的，由酱园现制现卖，过了嫩姜的季节就没有，而且每天仅清晨有得卖，因为"漂芦姜"取其鲜嫩清淡，浸酱过久，就成了普通的酱生姜，不是"漂芦姜"了。

陈作霖的《物产志》记家乡有名的酱菜道：

> 酱有甜咸二种，以豆麦为别，各种小菜，皆渍于中。承恩寺僧有制此者，号阿蓝斋，芦姜豆豉，所制最精。阿蓝菜一名阿猎，形如荠，味辛，必去汁渍以盐始可食。高座寺僧尝蓄以为菹。承恩寺斋名之所由称也，今则失其传矣。

在从前，不仅和尚善于制各种酱菜咸菜，尼庵里的师姑们所制更精。这些出家人有的是闲暇，可是尘心未泯，别出心裁，用这种精致的小吃来讨官家富室老太太少奶奶们的欢心。她们饱餍膏粱，尝到这种清淡的蔬食自然口味一新，于是，这些出家人就有资格可以穿堂入室了。我记得有一家尼庵的某师太所秘制的"臭卤面筋"，最为有名。她不肯多制，必须有深厚香火缘的施主，才肯赠送一小坛。我的吕姓外婆家是在被送之列的，得了一坛后就珍如拱璧，我们孩子是没有资格吃得到的。

某师太秘制的"臭卤面筋"，简称"臭面筋"，小的时候虽然没有资格吃，岁数稍大以后却有机会吃到了，那是我们家中自制的。看来是我的继母从娘家学来的，可能还是从庵中讨得了一点老卤，因为最难得的就是这种老卤。面筋是普通的面筋，是一团搓成只有鱼丸大小，浸到盛在瓦坛的卤中，过了若干日子，就成熟了。

这种泡好了的臭面筋，作灰白色，可以就这么像吃腐乳一样地生吃，也可以用素油炸了来吃。说到滋味，由于各人嗜好不同，那就很难说。我看凡是喜欢吃乳酪、腐乳、臭豆腐、鱼子、黑黄咸蛋的人，就一定喜欢吃这东西。若是不喜欢上述诸物的，对于臭面筋一定会望而却之。

我尝到臭面筋的滋味，已经不是在家乡，而是远在江西的九江。我父亲也像当年的陶渊明一样，为了五斗米在那里折腰，酷尝臭面筋，继母这才托人远远地从娘家带来了泡臭面筋的老卤，自己试制。我记得当时九江没有生面筋卖，还是自己买了麦麸回来，洗制生面筋的。

我们家乡对于面筋和豆制的素食，都有特长，给我留下很深的印象。《金陵物产风土志》说：

> 取芥菜盐汁，积久以为卤，投白豆腐干于瓮内，经宿后煎之蒸
> 之，味极浊，馥之有别致，可谓臭腐出神奇矣。江宁乡白塘有蒲包
> 五香豆干，以秋油干为佳。秋油者，酱汁之上品也，味淡可供品茶，
> 故俗呼茶干。磨坊取麦麸揉洗之，成小团，炙以火，张其外而中虚，
> 谓之贴炉面筋，物虽微而行最远焉。

所谓"贴炉面筋"就是无锡、上海一带的"油面筋"，这里的上海店和国货公司也有得卖，不仅是素食中的妙品，就是嵌肉也是一味好菜。

蒲包干是圆形的。大约制时是用"蒲包"包扎而不是用布包扎的，制成后上面有细细的篾纹，所以称之为蒲包干。五香干是普通制品，秋油干则是特制品，黑而且硬，最耐咀嚼，可以送茶送酒。相传金圣叹临刑时所说，伴花生米同吃，滋味不输火腿者就是此物。这本是江南很普遍的豆制食品，最好的出在安徽芜湖，黑硬而小，可是滋味绝佳，称为"芜湖秋油干"。从前上海流行的"小小豆腐干"，就是仿芜湖的，可是滋味差得远了。本港也有普通的五香干，称为"豆润"（为了忌讳"干"字，所以改称"润"），只可作菜中的配料，是不能就这么用来下酒送茶，更谈不上有火腿的滋味了。

后 记

　　本书是"品读南京"丛书中的一种。"品读南京",顾名思义,就是以南京为品读的对象。显然,这是一个比喻,把南京这座城市看作是一本书,一本值得反复品读的名著。

　　本书选录的 40 篇古今散文,就是历代散文名家品读南京的心得记录。40 篇文章,就是 40 篇读后感。经过时间的淘洗,这些读城心得变成了经典,又成为今天人们品读的对象。在这个意义上可以说,读这本书,乃至读这一套丛书,其实是品读"品读南京"。

　　感谢南京出版社卢海鸣社长的约稿,感谢责任编辑严行健认真细致的工作,还要感谢帮助阅读校样的刘驰。没有他们的全力支持,这本小书是不可能问世的,至少没有这么顺利。我们由此知道,他们和我们一样,都是无比热爱南京文化的人。

程章灿　成　林